LE REVERS DU RIORIM

PAR

SHARTY HARTMANN

This is a work of fiction. Similarities to real people, places, or events are entirely coincidental.

LE REVERS DU RIORIM

First edition. March 11, 2024.

ISBN: 979-8224926640

Written by Sharty Hartmann.

LE REVERS DU RIORIM
First edition. March 11, 2024.
Copyright © 2024 Sharty Hartmann.
ISBN: 979-8224926640
Written by Sharty Hartmann.

SHARTY HARTMANN

On pouvait sentir la fatigue dans ses pas. Il marchait, balançant les mains comme emporté par le vent. De grosses gouttes de sueurs lui baignaient le visage et c'est à peine s'il daignait lever la main pour s'éponger la face lui, qui d'ordinaire n'aimait guère qu'on lui dise « tu transpires ». Il marchait depuis des heures mais à le voir, on aurait dit des jours. Avait-elle une destination cette marche qu'il avait entrepris ce dimanche matin-là ?

Si lui n'avait pas bonne mine ce matin-là, Blanche, elle gardait son même sourire et ce visage radieux que le temps lui-même n'arrivait guère à altérer. Elle était sortie prendre de l'air et intuitivement il leva les yeux et la vit. Son sourire lui avait fait changer de mine. Il alla vers elle et s'immobilisa juste à sa hauteur. Il lui fit un demi-sourire et lui dit :

- Qu'est-ce que tu fais là dans la rue ?

- Je prenais de l'air et je te voir arriver. Et toi, à voir la mine que tu fais, ça n'a pas l'air d'aller, n'est-ce pas ?

- Je ne peux rien te cacher.

- Soit ! Mais aujourd'hui, même un aveugle s'en rendra compte. Tu m'aides à rentrer, on sera plus à l'aise à l'intérieur pour discuter.

- Ok !

- Ça fait combien, un an ou deux ?

- Trois ou quatre ans si mon souvenir est exact. Si tu savais combien j'ai honte Blanche. Ce n'est pas ça une amitié !

- Oh ne t'en fais pas. Disons que tu n'as pas eu le temps.

- Même si on le dit, ça existe le téléphone. J'aurais pu te passer un coup de fil.

- Oublions-ça ! Et puis, t'es pas le seul tu sais, et je ne dis pas ça pour te faire mal mais je suis habituée. Toi, t'es revenu, mais combien une fois le dos tourné ne sont plus jamais revenu. Et crois-moi, à un moment donné, j'ai pensé que c'était aussi ton cas. C'est à croire que t'es plus coriace que les autres. Enfin nous voilà arrivés ! tu veux bien me poser sur la chaise du bureau s'il te plait ?

- Ok Blanche !

- Merci, mon ange ! Maintenant vas dans la salle d'eau te refaire un beau visage et reviens me voir. Tu donnes l'impression de quelqu'un qui flirte avec la cinquantaine.

Il alla se refaire une bonne mine puis revint aux côtés de Blanche. Machinalement, sa main alla vers la plaquette où il y avait écrit le nom de Blanche.

- Blanche Lafeuille ! dis, Blanche, tes parents, ils sont français ?

- Si on veut. Mon papy il était Russe. Quant à ma mamy on raconte qu'elle venait des côtes Egyptienne. Certaines langues affirment aussi qu'elle avait des parents grecs. Bref, je suis universelle si tu veux vraiment savoir. Avec papa on a beaucoup voyagé, ce qui fait que je parle plusieurs langues. Maintenant si tu veux, de par mon nom je suis française mais vu que je suis née et vis ici, je suis ivoirienne comme toi.

- Ok !

Blanche resta à la regarder un instant, puis remuant la tête elle lui fit un sourire.

- Quoi ? Enquit-il.

- Rien ! c'est juste que tu ressembles maintenant à ce jeune homme que je connais, et c'est plutôt mignon.

- Je peux te poser une question ?

- Vas-y te gène surtout pas.

- Pourquoi une aussi belle femme que toi préfère vivre seule ?

- J'attendais que tu me demande en mariage. (elle avait dit avec un tel sérieux qu'il avait comme avaler sa langue.)

4 SHARTY HARTMANN

- Quoi, je ne suis pas ton genre de fille c'est ça ?

- Non ! T'es une fille bien et crois-moi, je serai ...

- Ça va je taquinais. En fait, c'est une malédiction dans ma famille. Nous ne sommes pas faites pour aimer, mais pour être aimé. De plus on ne saurait contenter un seul homme si on devait vivre en couple. Et je ne suis pas certaine que toi ou un autre homme voudrait d'une femme qui ne saurait se satisfaire du seul homme qu'il est. Voilà la raison de mon célibat. Ou devrais-je dire de notre célibat.

- Pourquoi notre ?

- Mes sœurs et moi. Nous sommes damnées à vivre des amitiés et nous ne pouvons aller au-delà de l'amitié.

- Je suis vraiment désolé !

- Ne le sois pas. Nous apprécions cette vie. J'apprécie ma vie et la liberté qui va avec et pour rien au monde je ne la changerais pour qui ou quoique ce soit.

- Je comprends mieux maintenant.

La petite causerie qu'il avait eue avec Blanche l'avait remis d'aplomb. Il avait une bonne mine et on pouvait lire sur son visage sa joie de vivre. Qui sait, était-ce quelqu'un avec qui parler, il cherchait ! Blanche savait redonner vie à ses amis. Elle parlait peu, mais avec elle on pouvait se libérer. Elle ne se mettait jamais en colère et trouvait toujours des excuses aux erreurs des autres. Elle était aussi de celles dont le silence en disait long.

Il eut un moment de mutisme dans la maison comme si chacun cherchait ses mots. Il se leva un instant de son siège et alla vers la fenêtre, l'ouvrit pour laisser entrer un peu de vent sur son visage. Il savait que Blanche n'aimait pas le vent, aussi ne tarda-t-il pas à refermer la fenêtre. - Il est beau le paysage, vu de ta fenêtre !

- Si tu le dis.

- Comment ! tu n'as jamais regardé ? (Elle leva les yeux vers lui). Excuse-moi j'avais oublié.

- T'inquiète, ce n'est pas grave.

Il se dirigea ensuite vers sa bibliothèque, promenait son regard vers les bouquins, ouvrages et encyclopédie qui garnissaient la bibliothèque de Blanche. Il y en avait pour toutes les matières et filières, notions et disciplines. Plus il promenait ses yeux, plus il comprenait pourquoi elle était si instruite.

- Tu pourrais écrire la vie si tu voulais ?

- L'écriture je la laisse pour vous les Hommes. Ce que j'aime c'est vous lire et c'est en fait ça qui m'instruit.

- Si seulement j'étais toi ! reprit-il.

- Apprécie ce que tu es. Crois-tu que si on m'avait demandé mon avis j'aurais dit, je veux être Blanche Lafeuille ? Mais j'ai aimé ce que je suis et cela m'a permis d'en découvrir les avantages et tout mon potentiel en étant Blanche Lafeuille arrière-arrière-petite-fille de Papy le Russe.

- Tu as raison, surtout que le bonheur n'est pas de posséder plus de bien mais d'apprécier ce qu'on a, je t'apprécie beaucoup tu sais !

- C'est réciproque. Moi aussi je t'aime bien et pour être franche t'es la seule personne avec qui je parle.

- Comment ça ? Demanda-t-il éberlué.

- Oui t'es le seul avec qui je parle. Les autres je me contente de les écouter. Ils m'épanchent leur cœur et puis s'en vont. C'est peut-être pour ça qu'ils ne sont plus revenus qui sait ?

- Ok ! je te remercie alors pour l'honneur que tu me fais d'entendre ta si belle voix.

- Je t'en prie ! Alors comment tu te sens maintenant ?

- Je suis d'aplomb !

- Très bien. Alors tu veux bien me dire maintenant ce qui t'emmène, parce que tu ne réussiras pas à me convaincre par un « je passais dans le quartier ».

Il laissa échapper un soupire et revint vers Blanche, la fixa comme pour lui dire « je ne peux rien te cacher » et elle aussi écarquilla les yeux comme pour lui dire « et oui mon grand, on devait forcément en arriver là ». Il s'assit sur le siège devant Blanche et à nouveau laissa échapper un autre soupire.

- Ce n'est pas vraiment la forme hein, c'est ça ? Il lui répondit par un hochement de la tête. Tu veux qu'on en parle ? A nouveau il lui fit un geste de la tête.

Blanche avait compris par ses hochements de la tête qu'il avait gros sur le cœur. Et comme il gardait la tête baissée elle lui dit : « regarde-moi ! S'il te plaît lève la tête. Il leva timidement la tête et la regarda.

- Je savais qu'on en arriverait là ! Vas-y Sharty libère-toi ! Pleure un bon coup si ça peut te soulager. Il a menti celui qui a dit qu'un garçon ça pleure pas. Pleure un bon coup et quand tu te seras libéré on entamera la causerie.

C'était comme si ces mots étaient la formule magique pour ouvrir les torrents de ses yeux. Il avait presque pleuré toutes les larmes de son corps. Mais quand on pensait qu'il avait fini, qu'une autre série de larme enchainait. Blanche l'observait, si elle le pouvait, elle aurait pleuré avec lui mais c'était une autre malédiction de sa famille. Il leur était interdit de verser ne serait-ce qu'une goutte de larme. Plus elle le regardait se remettre à pleurer, plus elle comprenait qu'il puisait ses larmes dans ses souvenirs. Oui tout ce qu'il avait enfoui dans les méandres de l'oubli refaisait surface et le faisait pleurer plus qu'il ne l'avait fait lors du décès de son père. Ses larmes l'avaient fait épuiser tout le lot de mouchoir que Blanche avait sur sa table. Elle avait vu des gens pleurer mais pas comme Sharty l'avait fait ce jour-là.

- C'est le tout dernier. Il va falloir aller en acheter si tu dois encore verser d'autres larmes, or tu sais que je vis seule ici et tu ne sortiras pas toi non plus avec ce visage là, pas vrai ?

Une fois de plus c'était comme si ces mots étaient la formule pour fermer les écluses de ses yeux.

- Ça y est ? ça va, tu t'es bien libéré ? il lui répondit par un hochement de la tête.

- Ok, tu vas t'étendre maintenant, et faire un petit som. Après ça on en parlera. Ok ? il leva timidement les yeux vers Blanche et lui dit :

- Merci !

- Je t'en prie, c'est à ça que servent les amis et tu es mon ami.

- La meilleure en tout cas.

- Dors, lui répondit-elle, dors mon cœur ensuite on verra quoi faire.

Elle avait à peine achevé sa phrase qu'il était déjà arrivé au royaume de Morphée. Blanche resta à la regarder dormir les poings fermés on aurait dit un nouveau-né. Elle n'était pas le genre de personne à se tordre le pouce pour se demander : qu'est-ce qu'il allait bien pouvoir me dire ? Non ! Blanche était de nature très patiente, elle laissait les choses venir à elle. Elle savait qu'elle lui avait été d'un grand soutien. Aussi, même s'il ne lui disait rien, elle était certaine qu'il rentrerait chez lui soulagé. Mais Sharty avait trop versé de larmes pour repartir sans parler.

Sharty dormit deux bonnes heures. Et comme le lui avait conseillé Blanche, c'était un sommeil réparateur. Il se réveilla avec beaucoup plus de vie. Blanche lui suggéra d'aller dans la salle d'eau, prendre une bonne douche et revenir. Ce qu'il fit et ne tarda pas à revenir près d'elle.

- Ça y est ?

- Oui ça y est !

- Et comment te sens-tu maintenant ?

- Mieux que tout à l'heure en tout cas.

- Tu es prêt à en parler maintenant ?

- Oui ! j'suis prêt !

- Ok, vas t'étendre sur le divan et on va commencer.

Sharty alla s'allonger sur le divan. Il croisa d'abord les mains, mais cette position ne lui donnait pas le confort qu'il souhaitait. Il décroisa les mains et croisa les pieds. Celle-là semblait le mettre à son aise. Mais au bout de quelques instants il décroisa à nouveau les pieds.

- Laisse-ça ! Ça viendra tout seul. Ce n'est pas la position qui est la plus importante, mais le fait de s'étendre. Pieds croisés, bras croisés importe peu. Maintenant, si tu tiens à trouver une position confortable, ferme les yeux et laisse-toi emporter par le confort du divan. Tu verras que la position idéale, je veux dire ta position idéale viendra toute seule.

- Ok. Je vais essayer. Machinalement, Sharty se laissant emporter par le confort du divan croisa et les pieds et les bras. Du coup on ne le voyait plus bouger à se chercher une bonne position.

- Ah, tu l'as finalement trouvé ?

- Oui, cette position me semble idéale.

- Hum ! tu comprendras pourquoi j'ai dit que la position importe peu.

- Ouais c'est ça !

- On peut y aller ?

- C'est quand tu veux Blanche.

- Très bien, et si tu commençais par me dire ce qui ne va pas.

- Qu'est-ce qui ne va pas ? Et après un moment de silence, il reprit, par quoi commencé ?

- Généralement on commence par le commencement.

- Ce n'est pas que j'élude la question, mais je ne sais pas. En fait rien ne va. Oui Blanche c'est tout qui ne va pas chez moi.

- Ok ! Je vois. Mais tu es d'accord qu'on ne peut pas s'attaquer à tout.

- Ça c'est vrai !

- Et il nous faudra commencer forcément quelque part, et c'est ce quelque part que j'appelle commencement.

- Je comprends, mais où commencer ?

Sharty avait tout un labyrinthe dans son esprit. Il avait développé tant de complexe qu'entrer dans son esprit était essayé de sortir d'un labyrinthe. Personne n'avait réussi à pénétrer son univers. Et comme il se plaisait à le dire « je ne dis aux gens que ce qu'ils doivent savoir ». De fait, il avait le flair pour stopper net quiconque essayait d'entrer dans son esprit. Mais qu'est-ce qu'il cachait ? Lui-même ne le savait pas et

Blanche peut-être allait l'aider à le savoir. Elle était la première à qui il avait confiance et c'est à elle qu'il confiait ses joies et ses peines. Mais il avait mis tant de temps qu'il avait peur qu'elle ne puisse l'aider.

- Ok commençons par ce qui t'a fait prendre la route ce matin.

Sharty commença par jouer avec ses doigts, ensuite c'était les pouces qui tournoyaient l'une au-dessus de l'autre, après, d'une main il se caressa la tête et demanda à Blanche qui attendait patiemment qu'il lui réponde.

- T'as appris que j'étais malade ?

- Non ! Tu viens de me l'apprendre, c'était grave ?

- Non, le médecin a dit que c'était une maladie capricieuse mais qu'elle ne tuait pas.

- Ouf ! ça me soulage. Mais que t'a-t-il dit au sujet de la maladie ?

- Une colopathie fonctionnelle. Ouais, c'est ainsi qu'il l'a nommé. Tu connais ?

- Oui, j'ai tout une documentation là-dessus. Après si tu veux je pourrais te la donner. C'est une maladie qui est due à l'alimentation. Mais ça va un peu ?

- Je peux dire oui, sauf que la plus opportuniste des maladies a trouvé le moyen de fouiner son nez dans ma santé et c'est tout ça qui m'énerve.

- Il y a de quoi. Et je te comprends, la maladie rend invalide. Moi par exemple pour me déplacer je suis obligé de me faire porter. Mais tu sais c'est le moral, le plus important, plus t'as le moral, plus tu avances et les choses deviennent légères.

- Tu l'as dit le « moral ».

- Oui et ce matin toi, t'avais pas le moral. Franchement pas du tout. C'est une chance que je t'ai rencontrée sinon tu serais peut-être allé te jeter du haut d'une falaise.

- Tout sauf ça ! Je sais, tu fais la mine mais tu n'es pas suicidaire et ça j'aime bien chez toi. Mais dis-moi, qu'est-ce qui t'a enlevé le moral ce matin ?

- Tu sais quand je suis tombé malade, j'ai appelé tout le monde pour leur dire que ça n'allait pas. Mais en retour personne n'a daigné m'appeler ne serait-ce que pour me demander comment ça va ?

- Tu veux parler de la famille n'est-ce pas ?

- Oui Blanche, dis, ils ont tellement de soucis qu'ils ne peuvent même pas se rappeler qu'ils ont leur petit frère, ou leur fils malade quelque part. (Il garda le silence un moment puis reprit) Tu sais ce ne sont pas les comprimés seuls qui guérissent mais comme tu l'as dit le moral. On a vu des malades mourir alors qu'ils avaient les meilleurs soins. Pourquoi ? A cause du chagrin, de la solitude. Et tu vois Blanche, moi j'ai l'impression d'être seul dans cette vie.

- Qu'est-ce que tu reproches à tes frères ?

- Je ne sais pas !

- Pourtant il doit y avoir bien quelque chose ?

- Peut-être bien. En fait je crois qu'ils ne me comprennent pas.

- Et qu'est-ce qu'ils peuvent bien te reprocher ?

- D'avoir abandonné les études.

- Pourquoi tu les as abandonnées ?

- Je me rappelle, il y a un qui disait à son ami « s'il avait continué, il serait aujourd'hui en année de Doctorat. On n'a jamais su pourquoi il a stoppé net. Je ne peux pas comprendre pourquoi quelqu'un peut jouer ainsi avec son avenir. » Ces mots m'ont touché car j'ai compris que mon attitude l'avait blessé. Mais tu vois Blanche, pourquoi je dis que je suis seul, c'est que quand c'est arrivé, personne ne m'a appelé pour connaitre les raisons pour lesquelles j'avais décidé d'arrêter. Ce n'est pas que les études ne me plaisaient guère mais deux raisons m'avaient fait arrêter les études universitaires.

- C'est quoi ces raisons ?

- Je devais être autorisé à aller en deuxième année avec des crédits comme on avait l'habitude de le dire en fac. Mais à l'époque, avec la crise l'université avait été délocalisé ici à Abidjan. Tout le monde avait la pression. On faisait le tronc-commun avec des irrégularités pour nous qui faisions l'Espagnol. Je me souviens que lorsque nous avons approché notre chef de département, ces mots étaient : « vous avez raison mais c'est le département d'Anglais qui a le dernier mot. » Et d'ajouter « luttez, peut-être que vos petits frères auront la chance que vous n'avez pas eu. » ensuite il semblait être pressé, c'est alors que quand notre délégué d'Amphi lui a dit, il veut voir aussi ses notes. Il a jeté un coup d'œil furtif sur ses notes et lui a balancé : « lui il va reprendre. » et il sortit de la salle qui leur servait de bureau. Déjà que la crise m'avait fait perdre une année et moi je devais reprendre dans des matières qui n'allait pas me profiter en deuxième année, j'ai trouvé que c'en était trop pour moi qui n'avais pas repris de classe.

- La seconde raison venait d'une phrase que nous répétait un professeur. Il disait : « quand on est pauvre, on ne vient pas à l'université ». Et il n'avait pas tort. Chaque jour, il y avait des photocopies et des fascicules à acheter et la modique somme que je recevais ne pouvait me permettre à couvrir toutes ces dépenses. Surtout qu'à l'époque, aucun de mes ainés ne travaillait. Je me suis alors lancé dans les concours mais là encore c'est une autre paire de manche.

- Pourquoi tu n'as pas essayé d'en parler avec eux ?

- J'attendais qu'ils me le demandent.

- Mais vu qu'ils ne l'ont pas fait pourquoi tu n'as pas pris les devants ?

- A quoi cela aurait servir ?

- C'est vrai on ne peut pas le savoir vu que tu ne l'as jamais fait.

- Tu sais Blanche, ce n'est pas l'envie qui m'a manqué ou bien que je n'ai pas essayé mais hum...

- Vas-y c'est quoi le problème ?

- J'ai toujours été coupable avant le procès.

- Je ne te crois pas ! Sharty éclata de rire à ces mots.

- Oui je ne te crois pas ! reprit-elle de plus belle.

- Hum ! la vie !

- Qu'est-ce qu'elle a la vie ?

- Rien ! Elle est ce qu'elle est. C'est nous qui la rendons compliqué. Tu as raison, avec mes ainés je n'ai pas essayé. Mais pour ma mère et ma sœur, j'ai essayé, pas une fois mais plusieurs fois. Et pour elles je n'écoute jamais personne, je n'en fais qu'à ma tête. Mais comment écouter quand personne ne parle ? Ou comment ne pas avoir l'impression de n'en faire qu'à ma tête quand vous m'imposez des choses sans chercher à me consulter ?

- Qu'est-ce que tu entends par personne ne parle ?

- Tu dois comprendre ce que je veux dire.

- Bien sûr que je comprends mais là il s'agit de faire sortir tout ce que tu caches à l'intérieur et qui te ronge. Alors parle !

- Ok ! Qu'est-ce que je veux dire ? Tu sais, je ne me rappelle pas la fois où j'ai été jugé pour ce que j'ai fait. Ça plus été pour ce qu'on croyait que j'ai fait. Et quand je dis « personne ne parle », c'est parce que je n'accepte pas ce qui est dit sur moi, du coup on se dispute et comme on le dit « quand tout le monde parle, personne ne parle ».

- Ok ! je comprends mieux maintenant. Mais dis-moi, tu veux dire que tu n'as jamais fait de gaffe, même petite ? Tu sais personne n'est parfait.

- Si, j'ai fait des gaffes. Comme tout le monde d'ailleurs et plusieurs fois j'ai été puni. Ce que je veux dire, c'est que c'est difficile à mon esprit d'accepter une chose que je n'ai pas faite ou pensée. Et quand je dis ce n'est pas moi ou que les choses ne sont pas telles, c'est que c'est ainsi. Mais on ne me croit pas.

- T'as jamais menti à ta mère ? Parce que c'est à elle que tu penses quand tu dis ça.

- Certainement que je l'ai fait quand j'étais petit. Surtout pour éviter une punition, parce qu'en matière de punition maman ne manquait pas d'idée.

- Tu aimes ta mère ?

- Comme jamais je ne n'ai aimé ! bien sûr que je l'aime. Mais elle a une idée arrêtée sur ma personne. Et c'est ça qui me fait mal.

- Qu'elle idée a-t-elle de toi ?

- Brrr ! Maman pense que je ne la respecte pas parce qu'elle n'est pas instruite. Elle pense aussi qu'elle et moi ne pourrions jamais nous entendre. Elle dit également que tel qu'elle me voit, elle ne pourra jamais intervenir dans ma vie de couple. Bref des choses comme ça.

- Et toi que penses-tu de ce qu'elle dit ? N'y a-t-il part une part de vérité là-dedans ?

- Je respecte ma mère, pour preuve si tu allais lui demander lequel de ses fils lui manquais de respect, elle ne citerait pas mon nom.

- Tu sais que je ne puis malheureusement pas le faire. Je te l'ai dit c'est avec toi et toi seul que je peux parler.

- Quand elle dit aussi que nous ne pourrions jamais nous entendre, là je crois qu'elle pousse le bouchon un peu trop loin. Tu vois en disant « jamais », elle se fait une idée arrêtée sur ma personne. Pourtant je m'entends bien avec mes amis et quand je dis mes amis, je veux parler de gens de tout âge. Tu sais Blanche ça me peine quand parfois maman extrapole les faits et ça c'est avec tout le monde. Mais je la comprends et je ne lui en veux même pas.

- C'est bien !

- Maintenant pour ce qui est de ma vie de couple, là je crois qu'elle exagère.

- Comment ? Tu ne lui as pas demandé pourquoi elle dit ça peut-être qu'elle a remarqué quelque chose ?

- C'est peut-être vrai, mais s'il y a une chose que je déteste, c'est qu'on se prononce sur mon avenir. Je suis certain que si je n'avais pas connu Dieu, jamais je n'aurais mis les pieds chez un charlatan. Mais comme tu le dis, elle a peut-être remarqué. Oui avec cette fille que j'ai aimé dans le temps.

- Tu me racontes un peu ?

- Quoi mon aventure avec cette fille ?

- Non ! Je veux parler de ce que ta mère a remarqué pour te dire ça.

- Ah ok ! Voilà au moment où je commençais par écrire la fin de cette histoire parsemée de mensonge, maman avait la fâcheuse manie de ramener tout ce que je faisais à cette fille. Or le moment était mal choisi. Il y avait trop de choses à clarifier dans mon esprit et cela me troublait assez. C'est ainsi qu'un soir, aux environs de dix-sept heures, alors que je venais de me réveiller de ma sieste et me dirigeait vers le salon. Elle était en train d'écraser un médicament et elle a émise une réflexion en rapport avec nos rassemblements. C'est alors que je lui ai répondu « je sais ce que je fais ». Je crois maintenant savoir, en y réfléchissant que c'est eu égard à la causerie que j'avais eu la veille avec mon père qu'elle a dit ça. J'ai senti maman s'emporté. C'est alors que je lui ai dit tout doucement « tu sais très bien qu'on finit par se disputer quand tu aborde ce sujet-là, alors s'il te plait, pas ce soir ». Malheureusement elle a fini par dire ce qui allait met le feu aux poudres. Et ce soir-là nulle aurait été le Créateur j'aurais détesté ma mère. Oui j'ai senti comme une main consolante se posée sur mon épaule cette nuit-là quand je me confiais à toi les yeux pleins de larmes. Tu sais que t'es la seule fille qui m'aie vue pleurer pour mes peines ? Je comprends pourquoi j'ai pu pleurer comme une madeleine. Je ne sais pas mais y a que devant toi que mes yeux expriment leurs chagrins. Oui Blanche c'est vrai qu'elles n'ont plus la même intensité mais quand je repense à cette phrase « si c'est de mon ventre que t'es sorti et puis tu dis ne pas faire les choses pour me faire plaisir, on va voir où tu vas passer pour réussir », j'ai toujours mal.

- Je suis vraiment désolé que tu es eu à attendre cette phrase, tu sais, mais je suis certaine qu'elle ne le pensait pas.

- Je sais, c'est ce qu'elle dit mais le mal est déjà fait.

- Mais on peut toujours réparer les dégâts. Dis-moi, est-ce que tu t'es assis pour parler de ça avec elle ?

- On a survolé le sujet.

- Ça veut dire non ! Ok, note ça comme liste des choses à faire dans ta vie.

- Ok !

- Je suis sérieuse !

- Je sais, et je te réponds sérieusement.

- Très bien. Parle-moi maintenant de ton enfance.

- Qu'est-ce que tu veux savoir ?

- Tout ce que tu peux me dire.

- Tu sais, j'ai de vague souvenir de mon enfance. N'empêche que quand j'étais petit, j'étais très curieux. Je me rappelle qu'à la maison on m'appelait le journaliste. Mais mon père lui, avait l'habitude de m'appeler Docteur, peut-être à cause du fait que j'étais très maladif quand j'étais enfant. Il disait que je devais être docteur pour le soigner. Encore un que j'ai déçu.

- Pourquoi tu dis ça ?

- Lui aussi avait souhaité que je poursuive mes études et je dois dire que si j'ai des regrets par rapport à mes études c'est bien à cause de lui. Je regrette de n'avoir pu réaliser son rêve avant qu'il ne quitte ce monde.

- Je suis désolée

- Pas autant que moi ! Mais continuons. Où en étais-je ?

- Ton père avait l'habitude de t'appeler docteur.

- Un jour il m'a dit, même si tu n'as pas pu être ce médecin, tu aurais pu avoir ton doctorat en Espagnol pour être mon docteur. Je lui ai juste dit ça va aller (et il essuya d'une main la larme qui commençait par lui sortir du coin de l'œil). Mais tu sais ce journaliste est mort quand j'étais aux cours préparatoire deuxième année (CP2).

- Comment s'est arrivé ?

- Un soir, c'était pendant les congés et maman était allée en voyage. Je ne me rappelle même pas de cette phrase-là. Mais il a fallu cet incident pour qu'on me rappelle que j'étais l'auteur de cette phrase « maman est partie on va bien s'amuser ». Quand je m'en tiens à leur dire, peut-être que si je n'avais pas dit cette phrase, je n'aurais pas eu cet accident qui a modifié ma personnalité.

- Ce soir-là nous venions de finir une réunion et papa était allé accompagner les frères et sœurs venus pour l'occasion. Juste après donc mes frères et moi étions en train de nous amuser. En fait eux s'amusaient et moi je suis venu m'ajouter à la partie. Geste que je n'aurais pas dû faire. Je me suis jeté sur le dos de mon frère et lui se levait au même moment. Comme je n'étais pas seul sur son dos, le déséquilibre à faire que je suis mal tombé. Je me suis brisé les deux incisives supérieures. Je ne le savais pas. C'est en pleurant qu'une cousine a dit : il s'est cassé les dents ! J'ai tout de suite couru vers le miroir et voilà, le résultat était là devant moi.

- Je suis vraiment navrée.

- Oh ce sont des choses qui arrivent ! Mais tu sais Blanche ce qui m'a fait mal dans cette histoire ? Ce n'était pas que je m'étais fait casser les dents.

- Je t'interdis de dire ça. Evite d'en porter la responsabilité comme si tu l'avais fait exprès. C'était un accident !

- Ok ! Comme je disais ce qui m'a fait mal, c'est la tournure qu'a pris la chose.

- Qu'est-ce qui s'est passé ?

- Figures-toi que dans l'explication des faits à mon père la mention « maman est partie on va bien s'amuser » est sortie. Face donc à cela qu'est-ce que lui allait dire, « c'est bien, voilà ce que bien s'amuser t'as donné » idem pour ma mère et elle aussi de dire « c'est bien fait pour lui ». Je ne te dirai pas tous les surnoms que cela m'a valu, mais personne, pas même mon frère qui m'a fait tomber ne m'a dit pardon, ou les autres « yako », ni mon père ou ma mère me faire la leçon après. Je devais la tirer moi-même de ces phrases « c'est ça on va bien s'amuser et c'est bien fait pour lui. » et ça je l'ai compris. En fait et je pense que c'est de là que vient mon mutisme. Et donc après cet incident le journaliste est mort en moi et une autre personne n'a pris vie.

- Et tes amis ?

- Très peu savaient ou devrais-je dire le savent parce que cela a fait de moi quelqu'un de moins bavard. Je ne voulais pas que d'autres personnes encore me donnent des surnoms ou fassent une réflexion en rapport avec mes dents. Autre chose qu'on disait dans mon enfance est que « j'étais un amoureux ». A l'époque et cela remonte aux années 80, il y avait un dessin animé qui passait à la télé : D'Artagnan et les 3 mousquetaires. Cela m'a valu le surnom de D'Artagnan parce que j'étais toujours au milieu des filles. On ne comprenait pas que j'appréciais leur compagnie et je l'apprécie toujours. Mais pour mes frères j'aimais trop femme ! Ajouté à cela il y avait le fait que je pleurais chaque fois qu'on me demandait de

m'expliquer après une dispute ou une bagarre avec mes frères. Cela aussi m'a valu d'autres réflexions que je n'appréciais pas du tout : « toi là, ta femme va te frapper ». Je ne sais pas trop pourquoi mais cette réflexion me mettait hors de moi. Peut-être que c'est de là qu'est venu cette horreur qu'on me prédise mon avenir. Il y avait aussi ce fait là. J'ai un débit rapide quand je parle et là, au lieu de m'aider en me disant par exemple, prends ton souffle, détends-toi et parles plus calmement. Non ! c'était plutôt et bien avant que je commence à parler, « il va encore venir nous débiter des sons inaudibles et imperceptibles ». Et là c'était mon père et tous les autres qui éclataient de rire. Du coup il n'y avait plus rien à expliquer, l'histoire était réglée et moi je devais encore pleurer. Ça aussi contribuer à renforcer mon mutisme et ça réussit à faire de moi un être renfermé. Du coup je ne disais plus rien à personne puisque quand j'ouvre la bouche c'est pour débiter des sons inaudibles et imperceptibles.

Oui à quoi bon fatiguer mes lèvres ?

- T'as pas eu une enfance facile, toi !

- Ce n'est pas ça le plus dur.

- Ah, il y a plus dur encore ?

- Blanche ça te surprendrait peut-être si je te disais que jusqu'au jour d'aujourd'hui j'ai peur lorsqu'on m'envoie faire une course ou que je dois trouver quelque chose.

- Un peu oui. Mais c'est dû à quoi ?

- Maman qui n'arrêtait jamais de me dire « on ne t'a jamais envoyé et puis t'es revenu avec l'objet en question ».

- Comment ça ? Tu manquais de concentration, je veux tu étais beaucoup distrait ?

- Distrait, je ne dirais pas ça. Mais tu vois Blanche, moi quand on me demande de faire quelque chose avec une précision dans la demande, je m'en tiens à la précision.

- C'est normal.

- C'est vrai qu'il m'ait arrivé quelque fois de manquer de vigilance. Surement parce que je devais être préoccupé par quelque chose, un jeu avec des amis que cet envoi ou cette tâche venait interrompre. Mais de là à dire « jamais », oui là ça me peine et plus grave, c'est qu'elle continue de me répéter cette phrase.

- Tu veux dire aujourd'hui encore ?

- Oui ! Même qu'une fois je lui ai fait le reproche, lui disant que je n'appréciais pas qu'elle continue de me répéter cette phrase que je n'aimais guère. Et elle l'a mal pris et s'est emportée avec encore avec la même rengaine. Pourtant, elle a la manie d'oublier là où elle place les choses. Or moi quand tu me dis que c'est là que tu as posé telle ou telle chose c'est là que je cherche parce que pour moi tu sais surement où tu l'as mis. Et donc quand je ne le retrouve pas là où tu dis l'avoir mis, je te dis qu'il n'est pas là. Et c'est là mon erreur. Car pour elle ne l'ayant pas trouvé là où elle l'a dit je devais chercher ailleurs.

- Yako ! comme on dit à l'ivoirienne.

- Merci ! Une fois par exemple, elle a dit a des cousins que si j'étais là et qu'elle les envoyait au lieu de moi, qu'ils ne se fâchent pas. La raison : parce que lorsqu'elle m'envoie, je ne vais pas.

- Ce sont eux qui te l'ont dit ?

- Non Blanche, elle-même. Je ne te dis pas le choc que ça m'a fait.

- Et que lui as-tu répondu ?

- J'ai simplement dis, j'ai compris, qu'il en soit ainsi ! Et que j'allais m'arranger pour qu'elle ait raison sur ce point.

- Et tu l'as fait ?

- Pas vraiment ! En fait maman sait que je n'ai pas l'habitude de revenir sur mes décisions et si pour ça je dois être punir, je préfère subir la punition que revenir sur ma décision. Je ne sais pas si c'est à cela qu'elle faisait allusion bref ! Mais à la fin j'ai compris une chose : ma mère et moi ne pouvions être au même endroit. Elle et moi avions le même tempérament et comme elle se plait à le dire « elle ne donnera jamais sa raison à quelqu'un et qu'elle n'a jamais tort », alors je devais m'éclipser.

- Je vois !

Sinon tu sais quand je suis loin d'elle, Il n'y a pas de problème, on s'entend parfaitement si bien que quand je vais la voir elle me conte des trucs. Mais le torchon se met à brûler quand nous sommes trop proches l'un de l'autre.

- Ah ok !

- J'aime ma mère tu sais !

- Je n'en doute pas le moins du monde.

- A part ça j'ai eu une adolescence mitigée, un peu comme tout le monde avec des hauts et des bas. C'est à l'adolescence que j'ai commencé à me forger une personnalité. Précisément à partir de la classe de seconde (2nd). En 4ième j'ai trouvé l'appellation Sharty mais en 2nd je suis devenu Sharty. C'est aussi la même année que j'ai fait ta connaissance.

- Oui je me rappelle, mais à l'époque nous étions jeunes et on apprenait les choses de la vie. C'est trois ans après que notre amitié s'est renforcé n'est-ce pas ?

- Oui c'est après le Bac que notre amitié s'est beaucoup renforcée. Et c'est là aussi que mes premières larmes ont coulé devant toi.

- Oui je me souviens comme si c'était hier. Mais dis, tu ne m'en veux pas de n'avoir pas pleuré avec toi ?

- Non ! Mais c'est vrai que je me suis parfois demandé si tu n'étais pas un peu insensible. Et avec le temps j'ai fini par me dire tout le monde ne peut pas pleurer.

- Si Sharty tout le monde pleure. Et si ce n'est pas des yeux c'est avec le cœur que l'on pleure et là ce sont des ...

- Des larmes de sang ! je connais, je les ai aussi versés ces larmes. Je ne me rappelle plus combien de fois...

- Je sais, tu m'en avais parlé. Mais ce que je veux dire c'est que, ne pas pleurer avec toi ne fait pas de moi une personne insensible. Non c'est juste que même si je le voulais, je ne pourrais pas, pour ne pas dire jamais. C'est une autre malédiction de la famille Lafeuille. Tu as beaucoup à apprendre sur moi tu sais.

- Je vois !

- Nous sommes, voilà une épaule pour pleurer. C'est le sort qu'on a bien voulu réserver à ma famille après des siècles de doléances. Oui pour n'être pas de celles qui tombent amoureuses, nous avons connus des personnes qui nous exposaient leurs peines de cœurs. Et crois-moi, nous aurions aimés pleurer avec elles. Mais le sort nous l'interdisait. Puisque de tous les êtres existants, c'est à ma famille que revenait la lourde charge de les consoler, les anciens du conseil de la vie ont décidé que nous soyons des épaules pour pleurer. Certains ont estimés que nous laisser aller aux larmes serait une porte ouverte à l'amour et cela serait contre l'ordre des choses.

- Je suis vraiment navré ! Cela n'a surement pas été facile pour ta famille.

- Rien Sharty n'est facile dans la vie. Il suffit d'accepter parfois son sort, non en s'apitoyant dessus mais en recherchant ce qu'on peut tirer de meilleur. Pourquoi crois-tu que les gens disent « la souffrance est un conseil » ?

- C'est certainement parce que l'envie de revivre la même peine n'est pas chose à expérimenter à nouveau et donc on prend des mesures contre.

- Tu sais, faut jamais considérer sa situation comme une fin en soi ou comme une cause perdue. A partir de rien on peut parvenir à quelque chose. C'est ça se battre dans la vie. La question n'est pas d'envier l'autre mais se donner les moyens non d'être comme l'autre mais d'être soi-même en version amélioré. Oui, il ne faut jamais se comparer aux autres mais à soi ; à ce qu'on était, ce qu'on devient et ce qu'on deviendra ou dirais-je ce qu'on voudrait devenir. Pourquoi crois-tu qu'on ne dise jamais sois ton frère mais comme ton frère ?

- C'est pour imiter son exemple.

- Tout en étant toi-même n'est-ce pas ? Mais c'est également te rappeler que tu ne seras jamais ton frère, ou ta sœur ou X. Oui « comme» te rappelle que tu es toi mais tu peux te donner les moyens de réussir.

- Tu m'apprends des choses Blanche, des choses auxquelles je n'avais jamais réfléchir. Et quand j'y pense tu as parfaitement raison.

- Tu veux bien on va marquer une pause et reprendre après.

- Ok, pas de problème.

- Tiens je n'ai même pas vu le temps passé. Tu rentres et on reprendra la causerie demain.

- Je n'ai personne qui m'attend chez moi. Je vais passer la nuit avec toi Blanche.

- Ah voilà qui va apporter une variance à mes nuits solitaires.

- Non, Blanche, tu ne dormiras pas seule aujourd'hui. Je serai à tes côtés quand tu fermeras les yeux et là à ton réveil quand tu les ouvriras.

- Hum !

Sharty se leva du divan et se dirigea vers la fenêtre profiter de la vue panoramique qu'offrait la demeure de Blanche. C'était un cadre enchanteur. De par sa position on observait les ¾ du paysage de la ville. Oui la vie était belle vue du côté de chez Blanche. Il pouvait voir les lumières qui l'embellissaient et le bruit qui au fur et à mesure s'évanouissait pour donner l'occasion au silence de s'exprimer. Le calme plat qu'il y avait dans la pièce était propice à la rêverie. Et c'était un des moments préférés de Sharty. Blanche l'observait sans dire mot. Il était là, perdu dans ses pensées qu'il ne verrait même pas un éléphant passé devant lui. Elle le connaissait suffisamment pour prévoir ce qu'il ferait par la suite.

- Il y a du papier dans le tiroir gauche du bureau et sur la table tu trouveras de quoi écrire.

- Comment tu as su que c'est ce que j'allais te demander ?

- Je te connais, peut-être même mieux que toi.

- Tu sais quoi ?

- Raconte !

- Quelqu'un d'autre m'aurait dit ça, il m'aurait été difficile de l'admettre mais toi, l'idée même ne me traverse pas l'esprit. Tu sais s'il n'y avait pas cette malédiction...

- Mais elle est là « cette malédiction » comme tu le dis.

- Ce n'est pas juste !

- D'aucuns disent que la vie n'est pas juste, mais moi je dis le monde lui n'est pas juste. Vas-y concentres-toi. Je vais m'étendre sur le divan.

- Fais-moi signe quand tu voudras monter te coucher.

- Ok ma puce !

- Blanche s'étendit donc sur le divan pendant que lui laissait son imagination scruter l'horizon qui s'offrait à lui. Comme elle s'était assoupi, il referma la fenêtre et vint mettre un peu de musique. Quand il entrait ainsi en extase, les classiques étaient du mieux ce qu'il lui fallait. La musique instrumentale était profonde de sens. Elle s'écoutait avec les yeux du cœur ; avait-il l'habitude de dire. Elle avait une particularité cette musique. C'est qu'elle pouvait favoriser un bon sommeil à celui qui voudrait le repos, la rêverie à qui voudrait s'évader et une bonne méditation à celui qui voudrait se changer les idées ou réfléchir profondément. Cette dernière option était ce dont Sharty avait besoin. Il alla s'asseoir dans le bureau et se laissait bercer par la douce mélodie qui coulait, jouant parfois des airs avec ses doigts. Et comme il se plaisait à le dire « la clé pour entrer dans l'univers de l'inspiration c'est les yeux ». Que serions-nous sans nos yeux ! pensa-t-il.

- Sharty sentait monter en lui le désir d'écrire. Il entendait des vers frapper dans sa tête, des vers qui attendaient qu'on leur dise « sortez ! » Mais pour leur donner cette liberté, il lui fallait utiliser la clé : ses yeux. Sharty devait garder les yeux fermés. Ce moyen lui permettait disait-il de faire un avec le sujet, de ressentir la profondeur du sujet, de l'apprivoiser, l'organiser et le libérer. Il ferma donc les yeux pendant près d'une dizaine de minutes puis les ouvrit. Il ouvrit le tiroir gauche du bureau de Blanche, sortit un lot de papier qu'il posa devant lui sur la table, prit un stylo à bille et commença à écrire.

La vie n'est pas un conte

Ou une simple histoire qui se raconte
Surtout quand on est laissé pour compte
Et qu'il nous faut choisir ce qui compte.
Au détriment de l'amour
J'ai demandé une caresse
Un simple geste sur ma joue
Pour apaiser dans mon cœur la détresse.
En réponse à ma demande
J'ai été gratifié d'une épine
Si seulement elle était lambine !
Mais hélas ! J'avais demandé et c'était ça l'amende.
Pendant des jours j'ai crié Mais nulle ne m'avait entendu
Durant des nuits j'ai pleuré
Mais personne pour me consoler...
C'est alors que j'ai rencontré la rage, une dame couverte de bave avec des
dents on aurait dit des crocs. Elle m'a dit : hurle
J'ai hurlé, hurlé, hurlé
Oui hurlé à tue-tête
Résultat, j'avais essayé
Et je continuai ma quête !
Sur le chemin j'ai croisé la Colère, une dame haineuse qui injuriait à tout
bon de champ. Elle avait la face défigurée par les nombreux coups qu'elle
avait reçus sans pouvoir en rendre un, un seul !
Elle m'a dit : « maudit ! ». C'est alors que le Désespoir est arrivé. C'était
un homme aussi grand que mince, l'air frêle. C'est à peine s'il osait faire
des efforts pour continuer. Il s'arrêta à notre hauteur et d'une voix
nonchalante, il dit : « maudire ! C'est bien, mais c'est un peu comme
cracher en l'air. Il faut s'attendre à recevoir des gouttes sur le visage ».
Après ces mots, il s'affaissa. C'est alors que dame Colère piqua sa crise et
me dit : « écoute je t'ai donné ma solution, alors si tu ne l'exécute pas,

débarrasse le plancher et que ça saute ! » Ensuite elle marmonna des choses qu'elle seule comprenait. Le désespoir lui, les yeux demi clos eu la force de me faire un geste du revers de la main : Oust !
C'est alors qu'est arrivée la Tristesse. Elle portait un voile. Elle était belle de forme avec des rondeurs très appréciées. Quand elle remarqua la présence de dame colère et monsieur désespoir, elle pressa ses pas. C'est alors que je dis :
- Suis-je si laid pour ne pas mériter un bonjour ?

- Le jour mon ami a toujours été bon, seulement les hommes sont fous. Toi par exemple, tu hurles à tue-tête, prêt à maudire seulement parce que tu crois être laissé pour compte. Et moi, crois-tu que c'est un plaisir de porter toujours le voile ?

- Je ne sais pas, raconte.

- Je suis la sœur jumelle de la Joie et je porte le voile pour éviter qu'on nous confonde. Seulement vois-tu ma sœur me vole la vedette ces dernier temps. Après avoir raflé mariage, baptême, anniversaire, cérémonie, diner-gala et je ne sais quoi d'autre, elle s'attaque maintenant aux lieux de deuil, je veux dire les funérailles. Alors pendant que monsieur veut maudire, moi, damnée par le sort, je cours vers l'ordre des choses réclamer ce qui me revient de droit.

Damné... damné par le sort avait-elle dit. Elle avança de quelques pas et prise de pitié, elle me dit : « vas-t-en de là ! Tu n'apprendras rien de bon avec ceux-là. A cent mètres devant tu trouveras meilleurs conseillé » et elle s'en alla. Je voulu dire au revoir à mes compagnons de route, mais ils étaient occupés à leur cause. Alors je continuai ma route.

Me souvenant des mots de dame colère, je m'arrêtai à cinquante mètres. Oui pour une fois, j'ai voulu maudire, maudire la vie pour être un damné par le sort. Mais arriva le Silence, un homme calme et sans mot dire, posant seulement le regard sur moi, je compris « tu cries, tu sors ».

Il n'était pas certes bavard, oui pas trop causant mais il inspirait confiance. Contrairement au désespoir qui m'avait fait un geste du revers de la main. Lui de sa main m'invitait à venir. Je compris alors qu'avec lui, il fallait plutôt écouter. Au début de la ballade avec monsieur Silence je ne comprenais rien mais plus on avançait plus les choses se clarifiaient. Pendant qu'on faisait route, je ne sais par quelle magie, il reçut à me faire passer en revue les raisons de ma quête. A quoi cela rimait-il me demandais-je ? Je les connais toutes ces scènes, c'est moi qui les ai vécus. Mais c'était comme s'il lisait dans ma pensée. D'un geste de l'autre main, il m'invita à regarder les mêmes scènes vues sous un autre angle. Oui c'était les mêmes raisons, la même vision mais vu sous un autre angle. Elle n'avait pas tort dame Tristesse quand elle disait que nous les hommes étions fous. Si seulement on se donnait la

peine d'analyser les choses à fond, tant de choses auraient pu être évité. Si seulement... voulus-je dire quand l'index posé sur les lèvres, il me fit comprendre qu'il ne fallait pas dire mots ici. Observer et laisser le silence nous instruire. Oui, qui avait dit que pour comprendre il fallait beaucoup parler ! La petite balade avec monsieur Silence me laissa un nœud dans la gorge. Oui, je ne ressentis pas une envie mais un besoin de pleurer. Pleurer mes erreurs de jugement, mon manque de discernement. Oui tout ce que j'aurais dû faire et que je n'ai pas fait, pleurer tous mes actes manqués. On avança de quelques mètres et en signe d'allégeance il me souhaita bonne continuation. Je hochai la tête et poursuivis ma quête. Quand je fus hors de sa vue, je m'arrêtai. Je n'en pouvais plus. Ma gorge se serrait encore plus. Oui, je devais pleurer, pleurer pour être soulagé. Alors sans honte, j'éclatai en sanglot, pleurant toutes mes erreurs mais aussi celles de l'humanité. Oui je pleurai jusqu'à atteindre le soulagement.

Hum ! Laissais-je échapper avant de continuer. Ensuite j'avançai de quelques mètres quand je sentis comme un besoin de me reposer. Etait-ce la fatigue ? Surement car cela faisait des heures que je marchais. Et moi qui croyais que j'allais faire une rencontre. Etais-je en train de penser. Si je devais rencontrer la fatigue quelle forme aurait-elle ? Me demandais-je. Certainement une grosse dame assise avec un oreiller. Me disais-je en riant. Mais plus j'avançais plus l'envie de m'asseoir devenait plus fort. Cela n'avait rien à avoir avec la fatigue, c'était plutôt comme un envoûtement. Je levai la tête et là devant moi il y avait un arbre. Il offrait un bel ombre et ses feuillages lançaient une invitation à l'apaisement et les chants mélodieux des oiseaux n'étaient pas en reste. C'est un mirage me suis-je dit ! Mais plus je continuais l'arbre était toujours là. J'allai jusqu'à le palper de mes mains. Ce besoin de repos qui m'envahissait était comme inspiré par une force contre laquelle je ne pouvais guère résister. A quoi bon résister puisque dans ma quête je rencontre des êtres plutôt étranges. A peine avais-je laissé échapper ces mots que j'entendis une voix me parler. C'était un jeune homme, pleine de vie, élégant, assis sur une des branches de l'arbre.

- Toi, je vois que tu as rencontré le chagrin ?

- Non le dernier que j'ai rencontré c'est le Silence.

- Ah oui ! Et pourquoi as-tu pleuré alors ?

- Tu sais, pardonne-moi d'ignorer ton nom mais le Silence m'a fait comprendre des choses que des mots n'ont pu m'enseigner. Et quand on se rend compte de ses erreurs, en guise de repentance parfois on pleure.

- Je vois, et comment vous appelez ça, je veux dire les pleurs, sinon ces pleurs-là, c'est pour exprimer quoi ?

- Les regrets, le remords, le ch....

- Vas-y termine !

- Le chagrin !

- Tu sais le chagrin peut prendre plusieurs formes et comme tu l'as dit, tu aurais pu le voir sous une forme. Mais à toi, il a préféré se faire ressentir. Parce qu'il sait que dans ton cas, tu veux un changement. Il a lu en toi une prise de conscience et comme tu l'as dit ces pleurs, sinon ces larmes que tu as versées en guise de repentance te feront réfléchir à l'avenir avant de poser une action. Ça va tu t'es bien reposer ?

- Oui, je crois ! Merci beaucoup de m'avoir fait profiter de ton ombre

- Monsieur X

- Non pas Monsieur X. tu connais mon nom.

- Pardonne-moi, j'ai dû être distrait au moment où tu me le disais.

- C'est beau d'utiliser cette forme de politesse pour me le demander mais je ne te l'ai pas dit. Ce que tu as fait sous l'arbre, c'est là mon nom.

- Ah oui ! Où avais-je la tête, tu es Mr Repos.

- Bonne continuation !

- Je me levai donc et après quelques pas, je voulu me retourner pour lui faire un signe de la main. Mais il était parti, aussi subitement qu'il avait apparu. Alors je poursuivis ma randonnée quand une vieille dame me demanda de venir vers elle. Elle avait les cheveux gris qui lui pendaient jusque dans le dos. Les dents d'une blancheur éclatante que je n'osais même pas ouvrir la bouche devant elle. Elle habitait au haut d'une falaise et de là où elle était, juste en bas, il y avait une forêt. Elle aimait bien s'asseoir les soirs pour observer le coucher du soleil et écouter les derniers chants d'oiseaux qui se mêlaient au bruit interminables des cascades. Oui le bruit des chutes d'eaux était apaisant non seulement pour cette centenaire que le poids de l'âge n'avait rien ravi à sa beauté que pour moi. Elle me pria de l'aider à aller vers sa chaise.

- Ok mamy on y va

Soudain je vis le ciel s'assombrit. Alors que je m'apprêtais à lui dire il va pleuvoir. Elle me dit :

- Ne te fais aucun souci, cette pluie, c'est pour la forêt que tu vois là en bas. C'est elle qui a besoin d'être arrosé pas moi. Aide-moi seulement à m'asseoir.

Ce que je fis d'ailleurs et sans dire un mot, elle leva les yeux vers le ciel et me dit : c'est maintenant que ça va commencer !

- Quoi ? lui avais-je demandé.

- Regarde en bas, de l'autre côté. (Et il y avait cette pluie. Avait-elle pouvoir sur la nature me demandais-je ?)

- Non, j'ai seulement fais tant et tant de siècles dans votre monde qu'il suffit d'un seul coup de vent sur ma peau pour que je te dise ce qu'il en sera. C'est ce que vous appelez l'expérience. Oui mon fils j'ai de l'expérience dans bien de domaines. Mais si je t'ai fait venir à moi, c'est pour te montrer une chose.

- Alors toute cette marche, c'était vous ?

- Oui Sharty ! C'était pour que tu me rencontres. Mais nous avons peu de temps devant nous. Regarde en bas, qu'est-ce que tu vois ?

- Un singe !

- Il est où le singe ?

- Sous la pluie.

- Et que fait-il sous la pluie ?

- Assis !

- Tu ne remarques rien d'autre ?

- Si, il est sous la pluie mais bien abrité. Attendez que j'observe bien. Oui, il a une feuille de bananier sur la tête.

- C'est cela. Mais dis-moi, il pense le singe ?

- Non !

- Il réfléchit ?

- Pas du tout.

- Pourtant, il sait que pour s'abriter sous la pluie il lui faut cette feuille de bananier sur la tête. Mais dis-moi à ton avis Sharty qu'aurait fait un homme dans cette forêt sous cette pluie battante sans parapluie ?

- Il aurait pris une grande feuille de bananier pour se protéger de la pluie également.

- Sont-ils à l'intelligence égale ?

- Non l'homme est plus intelligent que la bête

- Pourquoi le penses-tu?

- L'homme est guidé par l'intelligence et l'animal par l'instinct ce qui fait que l'homme il réfléchit, pense. En un mot nous avons la capacité de nous assagir.

- Pourquoi maintenant crois-tu que je t'ai fait faire tout ce chemin ?

- Pour rencontrer la Sagesse, vous!

- Et que faut-il à un homme pour acquérir la sagesse?

- Beaucoup d'efforts, et du temps.

- Oui la vie est faite de beaucoup d'épreuves. J'aurais pu te rencontrer dès les tous débuts, mais j'ai voulu que tu te rendre compte de par toi-même combien il faut batailler pour acquérir la sagesse. Les épreuves nous rendent forts mais pas sage. Mais quand on s'asseoir pour y réfléchir alors commence la sagesse.

- Ok. Merci dame Sagesse, en définitive j'aurai appris quelque chose de ce voyage.

- Je m'apprêtai à rebrousser chemin quand je sentis comme une main posé ma joue et une voix qui me dit :

- Tu viens mon chou, il est tard, montons nous coucher, demain est un autre jour.

C'était blanche qui le réveilla pour qu'il aille dormir. Apparemment après quelques vers écrits le sommeil avait eu raison de lui. Sharty se demandait bien comment allait-il expliquer tout ceci à Blanche. C'était si réel. Lui qui croyait qu'il était toujours en train d'écrire. Au début, il se refusait de croire qu'il s'agissait d'un rêve mais en pensant aux rencontres qu'il avait faites, le rêve était la seule explication logique. Mais un rêve qui lui enseigna beaucoup de choses.

- Tu sais que tu m'as tiré d'un rêve.

- Excuse-moi, je ne pouvais pas savoir !

- T'inquiète, tu m'as réveillé au bon moment. Je venais de le finir.

- Ah tant mieux alors, sinon je m'en voudrais.

- Mais tu sais Blanche, ce qui fait la particularité de ce rêve ?

- Non !

- C'est que j'avais l'impression de le vivre. Je veux dire, de l'écrire. En fait, c'est quand tu as dit « tu viens mon chou » que je me suis rendu compte qu'il s'agissait d'un rêve.

- Ah ! Dans ce cas je t'ai ramené dans la réalité. Ok, tu me raconteras tout ça demain. Pour l'heure, il y a un grand lit froid qui attend que nous lui donnions de notre chaleur.

- T'as raison, déjà que je me suis assoupi, c'est dire que le sommeil n'est pas loin.

- Ça je l'ai remarqué. Tu ne cesses de bailler depuis que je t'ai réveillé.

- Je me sens si fatigué !

- Finalement c'est moi qui veillerai sur ton sommeil !

- Non ! nous veillerons l'un sur l'autre.

- Ok ! je pourrai oublier, mais demain quand tu seras réveillé, parce que c'est certain que tu seras debout avant moi. Rappelle-moi de quoi j'ai voulu qu'on parle. Je commence à fatiguer ces temps-ci.

- Ok chérie, pas de souci !

Il aida Blanche à se mettre au lit et alla prendre une douche avant de se mettre lui aussi au lit. Quand il revint, Blanche était déjà endormie. Il resta à la contempler avec passion. Son cœur enflait de désir et de reconnaissance pour Blanche, la meilleure amie qu'il n'avait jamais eue. « Si seulement tu n'étais pas Blanche Lafeuille ! Nous aurions pu nous aimer ». Oui Blanche n'était plus juste cette amie qu'il avait connue il y a quatre ans. Quelque chose avait changé dans leur relation et il s'en rendait compte. Même s'il avait mis tant d'années avant de revenir vers elle, elle, ne l'avait jamais quitté. Sharty se rendait compte en la déshabillant du regard qu'elle avait toujours été là et qu'elle serait toujours là pour lui. Blanche donnerait tout pour lui sans le moindre remords. Oui quelle belle preuve de fidélité ! Encore une fois la même pensée lui traversa l'esprit.

- « Ah ! Si seulement tu n'étais pas Blanche ! ». Jamais personne n'avait été autant proche de lui dans sa vie. Jamais il n'avait osé se confier à qui que ce soit si ce n'est qu'à Blanche. Remuant la tête, il entra sous les draps, posa une main pour sentir la douceur de sa peau et d'une voix douce, il lui dit « t'es pas que Blanche, t'es aussi ma vie ! ». Et retirant la main posée sur elle, il éteignit la lumière avant de se laisser transporter au royaume de Morphée.

- Bien qu'elle parût durer quelques instants, la nuit fut reposante pour Sharty. Il se réveilla avec la vigueur d'un jeune. Il descendit du lit et alla dans la salle d'eau. Quand il sortit de la salle d'eau, il resta quelques minutes à regarder Blanche dormir. On aurait dit le gardien de son sommeil. « Dors encore un tout petit peu ma puce » murmura-t-il puis descendit dans le salon. Là-bas, il alla se poster à la fenêtre pour observer le lever du jour. Il en profita pour jeter un coup d'œil sur ses écrits de la veille et réfléchir à sa promenade d'hier. Ce matin-là l'air était humide. Dehors le brouillard empêchait de voir l'horizon. Oui la vile ne s'était pas encore réveillée. Elle était encore recouverte de brume. Mais les oiseaux eux avaient respecté leur rendez-vous. Sharty était un peu déçu de n'avoir pu observer le lever du soleil. Mais ça n'était que partie remise. Car disait-il les matins il y en aura encore et encore. Il disait aussi que s'il avait été photographe, il consacrerait sa carrière à photographier les couchers et lever du soleil. Et la raison était simple : il n'y en avait jamais de pareils. En consultant ses notes de la veille, il avait un petit regret que cela fusse été un rêve. « Ç aurait été beau si je l'avais écrit » pensa-t-il.

- Dehors la brume commençait par se dissiper et on pouvait voir par endroit les rayons de soleil forcer leur passage dans le brouillard. Sharty alla se mettre au bureau, prit une feuille de papier et essaya de se rappeler ses différentes rencontres de la veille : Rage, Colère, Désespoir, Tristesse, Silence, Chagrin, Repos et Sagesse. Encore une chance que je me souvienne de vous disait-il. Après les avoir énuméré sur un bout de papier, il alla réveiller Blanche car le soleil commençait à pointer à l'horizon.

- Il est jour mon chou ! Il faut se réveiller.

- Ok chéri ! t'as bien dormi ?

- Comme un bébé. Et toi ?

- Comme d'hab.

Sharty resta un petit moment à la regarder

- Quoi ?

- Quelle merveille !

- Qu'est-ce que tu trouves de merveilleux

- Ton visage.

- Il a quoi mon visage ?

- Merveilleux ! Même le sommeil n'a pas prise sur ta beauté Blanche. On aurait dit tu sors d'un salon de beauté, pourtant je viens à peine de te réveiller.

- Hum...

- Si seulement...

- T'inquiète, si tu l'aimes, elle sera toujours belle.

- C'est quoi, tu fais de la télépathie maintenant ?

- Non je te connais. Il suffit seulement de rester concentrer sur notre sujet de conversation pour savoir ce que tu penses mon trésor. Alors qu'est-ce qu'on a au programme ce matin ?

- Si je me souviens, on doit parler de mes écrits.

- Ok ! tu m'aides à descendre chéri ?

- Avec plaisir princesse.

- Il l'aida à descendre dans le bureau, l'installa sur son siège et lui-même vint se mettre sur le divan.

- Tu as aimé la séance d'hier on dirait ?

- Comment ne pas l'aimé ? Cela m'a permis de me vider, de libérer des choses qui étaient là, enfoui dans mon esprit. C'était tout simplement génial !

- Ok ! Détends-toi un instant, le temps que j'organise mes idées et on commence la causerie. Ah je vois que tu m'as laissé des indices.

- Oh, c'est juste les personnages que j'ai rencontrés dans mon rêve d'hier.

- Ok ! Tu me raconteras après.

Blanche le regardait, on aurait dit un enfant qui après avoir apprécié une partie avec son père est si enthousiaste à l'idée de la reprendre. Et là c'était bon signe.

- Ah ok !

- C'est le moment ? enquit-il.

- Non, je vérifiais quelque chose. Dis-moi Sharty, que se passerait-il si une situation venait annuler la causerie de ce matin.

- Pourquoi veux-tu qu'une situation vienne l'annuler ?

- C'est juste une question et s'il te plait j'aimerais juste que tu répondes.

- Je ne sais pas. Ça me ferait surement mal.

- Pourquoi ?

- Peut-être parce que j'étais préparé à ça ou...

- Ou quoi d'autre ?

- J'aime ces moments passés avec toi. En fait je crois que c'est ça qui me ferait mal, cette absence de toi.

- Et si je me faisais remplacer par une autre personne ?

- Blanche, tu ne serais pas en train de me cacher quelque chose, j'ai l'impression que tu passes par ces questions pour me passer un message. (il voulut se lever)

- Non reste étendu. T'inquiète, j'essaie juste de comprendre quelque chose c'est tout. Quand ce sera fait, je te ferais signe. Ne te fais pas du mauvais sang pour rien.

- Ok ! beuh ! Te faire remplacer par quelqu'un d'autre, ce serait vraiment difficile de lui parler comme je le fais avec toi. Et ça prendrait du temps pour que je me remette à table.

- Ok ! on peut commencer maintenant.

- Attends que je respire un bon coup. Hum... je suis prêt !

- Très bien ! Alors depuis quand as-tu commencé à écrire ?

- Depuis la classe de 2nde.

- Qu'est-ce qui à réveiller la plume en toi ?

- Je dirai que c'est un mélange de sentiment. De l'amour mêlé à la solitude.

- Je ne comprends pas. Tu veux être plus explicite.

- J'aimais une fille et je ne pouvais pas lui dire ce que je ressentais alors j'ai commencé à transcrire mes sentiments. Et n'ayant personne avec qui parlé, j'ai couché mes peines aussi par écrit.

- Comment ça personne ?

- Personne ne qui me comprenne ou qui veuille me comprendre. C'est ce que j'explique dans ce poème quand je dis « pendant des nuits j'ai crié ».

- Je vois.

- Ça continue encore aujourd'hui. Je parle et personne ne me comprend.

- Peut-être que c'est dû au fait que tu ne trouves pas les mots ou le juste moment.

- Possible ! C'est comme ça, peut-être que je suis un damné. Dis, tu crois que ça existe des personnes incomprises ?

- Des personnes incomprises non ! Mais qui pensent être incomprises oui.

- Je ne comprends pas ! explique.

- Tiens, toi par exemple tu dis être incompris ?

- Oui !

- Crois-tu être le seul dans cette situation ?

- Non ! Comme moi il doit y avoir des milliers voire des millions.

- Alors si tu rencontrais aujourd'hui quelqu'un qui te parle de cette situation, que lui diras-tu ?

- Je te comprends, voilà ce que je lui dirais.

- Pourtant il dit être incompris.

- C'est vrai !

- Alors le véritable problème, ce n'est pas d'être incompris. Mais de savoir de qui vous voulez être compris. Oui qui voulez-vous qu'il vous comprenne ?

- C'est exact ! la famille, en ce qui me concerne. Et je crois d'ailleurs que pour tout le monde, être compris de ses proches est ce que nous recherchons.

- Alors trouvez la véritable formule. Elle se situe entre les mots et le moment.

- Ok je vais y penser !

- Maintenant dis-moi qu'est-ce que tu dépeins dans tes écrits ?

- Quoi les romans ou les poèmes ?

- Parles-moi des deux.

- Les poèmes, je dirai que j'ai plus écrit pour les peines que je ressentais que pour autres choses. L'amour m'a aussi inspiré. Mais ça c'est une autre paire de manche.

- Et si on dépliait cette paire de manche. (son visage s'assombrit, on aurait dit qu'on ouvrait une pièce où était caché de mauvais souvenirs.) - Blanche !

- J'insiste !

- Comme tu voudras. Qu'est-ce que tu veux savoir ?- Tout ce que tu voudras me dire.

- Ok ! tu te souviens, je t'avais dit que j'étais amoureux en 2nde. - Ouais !

- 2nde ! Cette fameuse classe. Oui elle faisait la 4ième et moi la 2nde. J'ai été fou d'elle mais trop timide pour lui dire quoique ce soit. Et nous avons terminé l'année scolaire sans que je lui dise ce que je ressentais. D'ailleurs, elle ne m'en avait pas donné l'occasion puisqu'elle m'avait signifié à l'époque, « quand quelqu'un me drague, il m'énerve » et moi je ne voulais pas l'énerver. On parlait de tout sauf d'amour. Et les vacances venues, elle est allée chez son frère. De retour des vacances elle avait fait une rencontre, un petit ami je veux dire. Chose que j'ai découvert quand j'allais l'accompagner passer des appels destinés à ce dernier. Ensuite c'était un courrier que je devais affranchir. Ainsi de suite jusqu'à ce que leur histoire s'achève.

- Comment tu as vécu cette histoire ?

- Qu'elle se sépare avec ce dernier ?

- Non son aventure ?

- A ton avis, tu aimes une personne et tu apprends qu'elle est dans les bras d'une autre. Ça fait mal si c'est ce que tu veux savoir. Mais ce n'est pas la meilleure. Pendant que j'attendais qu'elle se remette de cette séparation, j'apprends qu'elle est avec un autre.

- Elle ne perd rien pour attendre, elle !

- Comme tu le dis Blanche, et là encore il m'a fallu jouer les intermédiaires. Des fois il venait m'expliquer des choses et me priait d'intervenir.

- Tu le faisais ?

- Aussi surprenant que cela puisse paraitre oui. Mais là aussi ce fut sans lendemain. Ils se sont séparés. Et moi je l'aimais encore.

- Mais pourquoi ne pas le lui dire ?

- Disons que, je j'arrivais en retard.

- Comment ça ?

- Parce qu'alors que je l'aidais à noyer son chagrin, quelqu'un d'autre venait et me la ravissait.

- Donc on te l'a encore piqué ? Tu arranges et d'autres prennent.

- Tu comprends vite toi ! Et c'est après celui-là qu'elle a su ce que je ressentais pour elle.

- Tu lui as dit ?

- Non ! elle l'a découvert un jour en lisant mes écrits mais ça n'a pas duré parce que je me suis rendu compte qu'elle...

- Quoi ?

- Elle s'est jouée de moi. Je n'étais que celui qui devait l'aider à remonter la pente. Cette histoire m'a déchiré mais... je ne devais pas me laisser abattre par le chagrin alors pendant qu'elle partait voir ailleurs, j'ai fait ta connaissance. Mais tu sais, elle m'a donné un gentil conseil : « ne fais jamais savoir à une fille à quel point tu l'aimes ». J'avoue que ce conseil est difficile à appliquer. Mais ses blessures, je m'en souviens encore car je garde ces cicatrices dans le souvenir. Elle me disait souvent « je n'aime pas, je désire » et expressément me nommait en utilisant le nom de son ex et d'autres choses que je préfère taire.

- Je suis désolée !

- Ne le sois pas ! Je n'ai eu que ce que je méritais et heureusement j'ai tiré des leçons. Ensuite il y a eu une autre avec qui pour, pour le bien des autres, on a dû se séparer. Voilà !

- Tu n'es pas vraiment heureux en amour ?

- Peut-être que je suis né pour souffrir qui sait ? Tiens, cette dernière par exemple m'a dit « tu n'es pas fait pour aimer » - Qu'est-ce qu'elle a voulu dire ?

- Je ne sais pas ! Ce qui est sûr elle est partie. C'est peut-être ça.

- Mais dis, tu ne crois pas à cela pas vrai ?

- En tout cas je ne suis pas marié.

- Tu trouveras une qui te fera l'affaire.

- Je veux bien te croire.

- Tu ne penses pas qu'il y a dans ce monde une fille qui n'attend que toi.

- Dans mon rêve oui, mais elle n'a pas de visage.

- Ne crois-tu pas en l'amour ?

- Si, mais j'ai peur d'être blessé à nouveau.

- Je vois. Mais dis-moi, quel genre de femme aimerais-tu avoir pour épouse ?

- Douce, soumise, attentionnée et surtout qui m'aimera.

- C'est tout, son physique, son teint, son centre d'intérêt... ça ne t'intéresse pas ?

- Ça c'est les femmes de rêve. Mon idylle c'est tout en elle. Tu l'as dit toi-même si je l'aime, elle sera toujours belle. Alors je crois ça n'a pas trop d'importance. D'ailleurs toutes les femmes sont belles.

- Si tu le penses c'est bien. J'apprécie beaucoup ton état d'esprit. Tu sais remonter la pente et ça c'est bien. Tu ne restes pas longtemps par terre.

- Je ne veux pas me salir, je crois c'est pour cela que je ne reste pas longtemps à terre.

- Tu sais avec l'autre par exemple quand je te voyais pleurer, j'avais peur que tu fasses l'erreur de la majorité des cœurs brisé : chercher « un ignorant la cause », quelqu'un qui va payer pour l'erreur d'une autre. J'ai vraiment aimé que tu aies attendu de te refaire avant d'engager ton cœur. Et c'est ce que beaucoup devrait faire. Après une déception, faut se remettre en cause, voir ce qui n'a pas marcher et renaître avant de se relancer. Mais pour beaucoup « c'est une de perdue dix de retrouver ».

- Je me suis juré de ne jamais agir ainsi.

- Tu as un grand cœur et surement quelqu'un le remarquera.

- Hum !

- On marque une petite pause.

- Ouais, j'ai un petit creux.

- On reprend dans une heure.

- Très bien !

Sharty se leva du divan et alla dans la cuisine se préparer un sandwich. Ensuite il revint vers Blanche. Elle avait les yeux sur la liste qu'il avait faite de ses rencontres.

- A quoi penses-tu ?

- A ces mots écrits là sur ce papier.

- Ce ne sont pas des mots, des personnages que j'ai rencontrés dans mon évasion.

- Soit, tu sais ce n'est pas terminé, il te faut encore faire ce voyage.

- J'aimerais bien, tu sais ça été un rêve et c'est rare de faire le même rêve.

- Ça dépend.

- De quoi ?

- Du rêve !

- Comment ? Développe un peu.

- J'ai occasionné ce rêve et je peux encore occasionner l'autre.

- Je ne te crois pas Blanche !

- La question n'est pas de croire ou non. C'est un fait et tu seras forcé de le comprendre.

- Dis-moi Blanche, pourquoi tu fais tant de mystère aujourd'hui ? Je sens que tu ne me dis pas tout. Tu me caches des choses on dirait,

- Te cacher n'est pas le mot juste. Je te prépare pour la suite des évènements. Disons que, je conditionne ton esprit à ce qui va suivre

- Et qu'est-ce qui va suivre.

- Tu le verras.

- Si tu le dis !

- Tu veux remettre un peu de musique comme hier. Je me sens mélancolique tout d'un coup.

- Blanche, s'il te plait, tu m'as été d'un grand soutien. Alors laisse-moi te ramener l'ascenseur.

- Et qui te dit que je veux descendre ?

- Tu veux me quitter c'est ça ?

- Tu trouveras toujours le moyen de me retrouver, alors à quoi bon ?

- Mais c'est quoi, t'es découragée ?

- Je ne connais pas ce sentiment.

- Mais c'est quoi, dis-moi ?

- Tu veux bien m'installer sur le divan ?

- C'est ça élude la question.

- S'il te plait !

- Ok chérie, tout de suite.

Sharty l'aida à s'installer sur le divan et revint s'asseoir comme la veille au bureau. Il se laissa emporter par la douce mélodie qui passait. Espérant replonger dans son voyage de la veille pour écrire cette fois son aventure. Blanche le regardait s'essayer de refaire le même rêve. Comme à son habitude, il gardait les yeux fermés pour mieux se concentrer. Sans le vouloir, lui aussi emprunta la vallée de la mélancolie. Sans dire mot, il prit un stylo, sortit le lot de feuille et se mit à écrire.

Que de douleurs inévitables

Dans un monde si court
Que de peurs insaisissables
Dans un cœur trop lourd.
Aux larmes invisibles
Parce qu'intérieures
Versées par mon cœur,
Mon cri reste inaudible.
Si ma voix ne semble rien dire, pitié !
Ecoutez mon silence et comprenez !
Aux souvenirs qui nous rattrapent,
Aux solutions qui nous échappent,
Aux souffrances qui nous inspirent
Je veux pouvoir dire : j'ai connu pire !
Mais voilà, dans mon cœur, il ne fera plus jour
Car rage, colère désespoir, tristesse sont devenu mes amis
Quand joie, espoir, allégresse et paix m'ont fui
Oui, tous m'ont fui y compris l'amour...
La vie m'a accusé
Moi je l'ai excusé
L'amour m'a blessé
Et moi j'ai pardonné
Les soucis m'ont courbé
Le sourire m'a redressé
Les souvenirs m'ont rongé
Rongé jusqu'à l'usure
Que je suis telle une masure
A la merci de l'abandon
Aux vents mon cœur et ma raison.
Je voudrais partir
Partir là où tout est calme

M'enfuir loin des blâmes

Partir pour ne plus revenir

J'ai voulu renaitre de mes cendres

Avec tant d'amour à revendre

J'ai espéré retrouver mon sourire

Enfouir dans les méandres du dépit

Mais le souvenir me revient

Et je dois m'en aller

Partir retrouver ce monde qui est mien

Partir là où mes aïeux s'en sont allés.

Oui j'en ai marre de ne pas savoir où j'ai mal

Marre de saigner sans voir d'égratignure

Assez de sourire avec un visage pâle

Aux point de croire que c'est ma signature !

Croyez-moi ! J'aurai fui la dérive

Si j'avais su ce qui m'arrive

Mais voilà ! Pour les peines à mon cœur infligé

Pour ma liberté par vos yeux confisqués

Je m'en vais.

Il avait fini d'écrire ces vers qu'il s'affaissa, emporté par la musique. Comme la veille il poursuivait son poème dans son rêve. Il rêva qu'il coucha cette fois ce qu'il voyait par écrit. C'est ainsi que poursuivant son chemin il rencontra la Détresse. Une dame au visage sombre, le pagne délavé assise toute pensive. Et moi qui croyais que j'étais le seul dans mon état. Pensa-t-il.

- A la différence de toi, moi mon état il est permanent. Je n'ai pas demandé à être ainsi tu sais, le sort a décidé à ma place.

Comment arrive-t-elle à lire dans ma pensée ? pensa-t-il.

- Je n'ai pas besoin de lire dans ta pensée pour deviner ton état. Je n'ai qu'à observer ton visage ou entendre le son de tes pas pour savoir à qui j'ai à faire. Et toi pour une crise passagère, tu cries à tue-tête, tu veux t'en aller.

Mais Vas-y, qu'est-ce que tu attends ? Et puis d'ailleurs où comptes-tu aller ?

- Je ne sais pas !

- Dégages sinon je vais m'enrager.

- Désolé, je ne voulais pas vous importuner.

- Dégage j'ai dit !

Et je continuai ma randonnée. Quelle femme amère ! Il y a de quoi, être ainsi toute sa vie, ce n'est vraiment pas aisé. Je ne l'envie même pas.

Ensuite ce fut comme une mélodie reposante que j'entendais. Elle était reposante, apaisante. J'avançai de quelques pas et là je compris qu'il fallait m'arrêter. Car même les animaux avaient gardé le calme et écoutaient religieusement cette belle dame vêtue d'un blanc pur jouer de sa harpe. Elle avait une colombe sur l'épaule et les autres allaient et revenaient vers elle. On aurait dit un ballet. Elle me fit signe de la main et j'avançai vers elle. A mon grand étonnement, les oiseaux, les animaux et même les insectes ne semblaient pas s'effrayer à mon approche. Etait-ce la musique qu'elle jouait si bien qui leur donnait cette assurance ? Me suis-je demandé. Elle me pria de prendre place à côté d'elle. Je puis alors constater combien elle était belle. Elle inspirait la convoitise, le désir ; oui aucun homme ne résisterait à fantasmer sur elle mais en même temps semblait inaccessible. Oui sa beauté était telle que même dans leurs inassouvis désirs, les hommes la réserveraient pour les Dieux. Oui, elle était divine. Je ne pouvais m'empêcher de la regarder.

- Désolé de te faire aussi cet effet. Je ne le fais pas exprès tu sais, ma mère m'a conçu pour être irrésistible. Aussi, ne pouvant contenter tous les hommes. Je suis devenu un fantasme.

- Mais, tu pourrais, en choisir un ?

- Toi par exemple.

- Non, pardonne-moi mais, t'avoir pour épouse et je ne ferai rien d'autre que te regarder, te contempler, t'admirer, t'observer, oui ça friserait l'adoration.

- C'est ce que dira n'importe lequel des hommes. Mais tu sais, je n'ai pas toujours vécu ici, a un moment donné, j'ai été auprès des humains. Mais fous qu'ils sont pour m'avoir, ils se sont mis à se battre, se faire la guerre si bien qu'ils ont réfléchir à une célèbre phrase vraiment paradoxale mais qui reflète leur limite d'esprit.

- Laquelle ?

- « Celui qui voudrait de moi, doit préparer la guerre. »

- Oui je vois « qui veut la paix, prépare la guerre »

- Je n'ai jamais compris pourquoi vous les humains, vous menacer quand vous êtes limités. Aussi, j'en avais assez de les voir préparer la guerre que je me suis retirée, leur laissant un mirage de moi qu'il me poursuivre sans pouvoir m'atteindre.

- Je vois et je comprends mieux pourquoi la paix est insaisissable

- N'empêche que j'existe. Je préfère être dans le cœur et l'esprit des bonnes gens qui me recherchent d'un cœur sincère. Oui je leur procure la paix de l'esprit et du cœur. Mais tant que les humains seront animés de désirs égoïstes je ne reviendrai pas parmi vous. Mais toi quand tu auras fini ta quête, je te rendrai visite.

- C'est avec grand plaisir que je te recevrai.

Et elle posa la main sur ma joue et me dit, « ça va aller, tu es si près du But. »

- Vas-y mon grand il te reste encore du chemin.

- Ok, merci beaucoup dame Paix.

- A bientôt !

Elle n'avait pas tort, comment peut-on préparer la guerre si on veut la paix ? Pensait-il. Il faut croire que c'est dans la nature de l'homme de s'entretuer, ou s'entre déchirer. C'est fou toutes ces guerres que l'on fait alors que tous, on aspire à la paix. Tout cela, lui faisait de la peine, mais comme il disait, son grand cœur ne saurait guérir ou soigner le monde. Il se leva donc et continua sa route. Soudain, une phrase lui traversa l'esprit.

Mais qu'a-t-elle voulu dire par je suis si près du but ?

- Content de vous avoir rencontré dame Paix !

- Oui une dame exceptionnelle ! Disait une voix près de lui.

- C'est étrange vous me rappeler quelqu'un.

- Ah bon ?

- Cela vous semblera étrange mais je n'ai pas vu son visage. Mais de dos vous lui ressembler. Et par la voix aussi. Le problème est que je n'arrive pas à me rappeler qui c'était.

- Dommage ! Mais qu'est-ce qui vous a empêché de voir son visage ?

- Oh, voilà, maintenant que vous me posez la question ça me revient. C'était dame Tristesse. Elle a dit que c'était à cause de sa sœur jumelle qu'elle portait un voile.

- Je me doutais bien que c'était elle. En effet c'est ma sœur.

- Vous êtes donc la Joie ?

- C'est exact ! Et j'imagine qu'elle t'a fait son fameux refrain, selon quoi je lui aurais volé la vedette.

- Oui, et je crois qu'elle a raison.

- C'est une façon de voir les choses, mais comme te l'a fait savoir dame Paix, vous les hommes vous êtes fous. Je n'ai pas choisi de me retrouver là-bas, dans ces endroits. Pour dire vrai, ça me dénature. Mais c'est arrivé parce qu'elle m'a demandé de l'accompagné pour consoler les endeuillés, les réconforter, car vois-tu même si elle n'est pas joviale, elle a bon fond. Et donc comme je disais les hommes eux ont oublié que c'est ma sœur qui avait la priorité et que moi je venais juste la soutenir. Au lieu donc de l'épauler, ils ont jeté leur dévolu sur moi.

- Mais dans ce cas, n'y vas pas ou devrais-je dire plus.

- Crois-tu que j'y vais de mon plein gré ? C'est à la demande et sur insistance de ma sœur que je me retrouve dans ces lieux pour consoler, réconforter les familles endeuillées, mais toujours et surtout en ces derniers temps, les gens s'excitent dès qu'ils me voient.

- Dans ce cas pourquoi se plaint-elle ?

- Ma sœur voile parfois ses sentiments. Ce n'est pas contre moi qu'elle a une dent. Mais contre tous ces gens qui ne savent plus faire la différence entre le bien et le mal, la joie et la peine. Voilà ce qui la chagrine.

- Ah ok ! il y a de quoi. L'homme est tellement versatile qu'on ne peut le comprendre. C'est pénible tu sais.

- Si tu le dis. Vous les humains vous ne savez pas en fait ce que vous voulez. Vous changez au dernier moment et c'est un peu ça aussi ton problème.

- Si tu savais combien j'aimerais pouvoir changer !

- La prochaine personne que tu rencontreras pourra peut-être t'aider.

- Moi je dois rejoindre ma sœur

- Je lui dis bien des choses. Au plaisir d'avoir fait ta connaissance.

- Il poursuivit sa route, impatient de rencontrer le prochain personnage de son voyage. Qui cela peut-il bien être ? Se demandait-il d'autant plus que dame Joie lui avait rassuré qu'il lui apprendrait des choses.

- Allez réveille-toi Sharty !

- Zut ! je me suis encore endormi comme hier.

- Ça y est tu es réveillé ?

- Oui Blanche, attends que je me remette les idées en place.

- C'est qui Blanche ?

- Mon amie fidèle ! Attends, mais où suis-je ? Et c'est quoi tous ces miroirs ? Non, je dois surement être en train de rêver. Je marchais le long de la route, non c'est surement un cauchemar. Que se passe-t-il ? C'est quoi cette magie ? Dame Joie m'a dit que je rencontrerais quelqu'un qui me dirait ce que... mais qu'est-ce que la magie a à avoir avec mes rencontres ? Ok on se calme ! Je sais que mes rencontres sont tout de même étranges. Je vois des visages à mes états d'âmes mais la magie... c'est quoi tout ça ?

- Rassures-toi, tu ne rêves pas et je ne suis pas la magie. Regarde dans le miroir et tu verras qui je suis.

- Ok ! Mais quel miroir ? Je suis entouré de miroir et partout c'est mon visage que je vois.

- Très bien, regarde dans celui qui est droit devant toi. Est-ce que tu fais les mêmes gestes que lui ?

- Non ! Mais pourquoi vous présentez à moi avec mon visage. Vous auriez pu trouver mieux ?

- J'ai trouvé mieux. C'est la meilleure forme que je pouvais utiliser.

- Ok ! Et vous c'est qui ?

- Je suis toi, mais de l'autre côté du miroir.

- Ça n'existe pas de moi de l'autre côté du miroir.

- Pourtant si. Je suis plus réelle que toutes les autres rencontres. Les autres, tu les as bien vus avec des visages, mais qui sont-ils en réalité ?

- Des états d'âmes, des sentiments.

- Des sentiments, tu en es bien sûr ?

- Ok ! mes sentiments.

- Voilà, ce ne sont rien d'autres que tes sentiments. J'aurais bien voulu te rencontrer en dernière position pour qu'ensemble nous fassions le bilan de toutes ces rencontres mais j'ai préféré maintenant parce que, quand tout ça finira tu te rendras compte de l'évidence et tu pourras enfin te décider.

- Je ne comprends rien à ce que tu racontes, t'es qui toi ?

- Je suis toi de l'autre côté du miroir.

- Ok ! le moi de l'autre côté du miroir, il parait que tu as des choses à m'apprendre. Alors accouche !

- Pourquoi toute cette colère ? C'est si mauvais de se voir de l'autre côté du miroir ? Dis-moi, pourquoi t'as si peur de te voir tel que tu es ?

- Je n'ai pas peur !

- C'est ça, dis-le à quelqu'un d'autre. T'es tout le temps en train de te cacher derrière quelque chose.

- Je ne me cache pas.

- La ferme ! Où crois-tu que je suis ?

- Derrière le miroir, et puis baisse le ton quand tu me parles. Pourquoi a-t-il fallu que je le rencontre celui-là ?

- Qu'est-ce que je disais ? Tu as peur que je te révèle qui tu es.

- Ecoute le charlatan, t'avise surtout pas de me révéler mon avenir. Sinon tu n'auras plus de miroir où apparaitre avec mon visage.

- Le pauvre ! Tu vis dans un monde imaginaire qui te faire fuir la réalité. De quoi as-tu peur ?

Qui t'es toi pour me demander tout ça ? Ce n'est pas ton problème que je sache.

- Tu crois ? Et puis évite de te mettre sur la défensive, tu te feras plus de mal.

- Qu'est-ce que tu en sais ?

- Je le sais.

- Qu'est-ce que vous avez à vous disputer ? Enquit une autre dame.

- Parles-lui peut-être qu'il t'écoutera toi ? Disait la voix de l'autre côté du miroir.

- Je ne sais pas si c'est votre serviteur, mais il a un sale caractère. Tiens, tu parles du fait que je me cache derrière je ne sais quoi, mais toi, tu ne te cache pas ? Ce visage et cette voix féminine, c'est à toi ? Hypocrite, malveillant personnage !

- Tu veux nous laisser un instant ?

- Je reviens mon cher Sharty !

- C'est ça du balai ! Oust !

- Dis plutôt que tu aimes les femmes ! Amoureux !

- Dis ce que tu veux, mais du vent !

- Ça suffit vous deux !

- A nous revoir ! (à ces mots tous les miroirs disparurent.) - C'était qui ce personnage ?

- Ça te surprendrait mais tout ça, c'est elle qui l'a fait. Elle est responsable de toutes ces rencontres. A dire vrai, si tu ne te mettais pas sur la défensive, elle t'aurait aidé à voir ce que tu caches et savoir qui tu es et ce que tu veux.

- En fait je n'aime pas qu'on s'intéresse à mon avenir.

- Elle ne s'intéresse pas à ton avenir, elle a juste voulu savoir pourquoi tu refusais de te présenter tel que tu es. De tous ceux que tu as pu rencontrer, elle a toujours été avec toi. Et je peux te dire que là, tu l'as peiné. Tout ce qu'elle veut c'est ton bien. Elle veut que tu te sentes bien, que tu t'assumes et rien d'autre. Et comme elle te l'a dit, elle est plus réelle que tous les autres.

- Plus que vous ?

- Elle et moi sommes indissociables. Nous dépendons l'une de l'autre et si tu veux savoir, c'est nous deux qui faisons ta personne. Alors tu veux répondre à ses questions ?

- Je vais essayer.

- Ça y est tu t'es calmé ?

- Vous êtes qui vous ?

- Tu n'as pas voulu de moi dans ma forme originelle, alors vu que c'est les femmes tu aimes, j'ai pris cette forme. Pardonne-moi, si je ne suis pas à ton goût.

- Excuse-moi, j'ai été odieux tout à l'heure !

- T'inquiète, je sais que tu n'es pas ainsi. Je suis ta Conscience et elle, c'est ta Raison.

- Je comprends mieux maintenant. Tu es ma Conscience et elle ma Raison.

- C'est ça !

- Je vois, « moi de l'autre côté du miroir ».

- Tu sais, l'un des plus grands mystères de la vie c'est de savoir qui on est. Et toi tu te caches derrière l'écriture, la comédie pour faire croire aux autres ce que tu voudrais qu'ils croient. Mais en fait, tu as peur, de savoir qui tu es. Ce n'est pas l'idée que les autres te blessent qui t'effraie, mais de te voir tel que tu es. Tu t'emprisonnes dans tes idées, tu as peur de les exprimer. Tu as peur de te lancer. Et puis quoi ? Si on te dit non ! Au moins tu auras essayé. Qui as-tu entendu qu'il est mort parce qu'on lui aurait refusé quelque chose ? Arrête de tuer le génie en toi. Prends les devant Sharty, ose ! Et moi je te dirai cette pensée que j'ai entendu d'Einstein qui a dit : « je suis reconnaissant envers tous ceux qui m'ont dit non car c'est grâce à eux que je l'ai fait moi-même ». Alors ne sois pas déçu si les gens te refusent quelque chose. Et puis le plus souvent c'est toi-même, tu te refuses parce qu'avant même de demander tu dis : « il va dire non ».

- Essaie, ça t'évitera d'incriminer les autres.

- Pourquoi crois-tu que tu n'en veuilles pas à tes frères ?

- Je ne sais pas ce sont mes frères et ils le resteront.

- Parce que tu refuses avant eux. Tu es ton propre démon. Ça me déplait de le dire mais tu es double, des fois même triples.

- Je ne comprends pas !

- Oh que si ! Elle te l'a dit dame Raison, nous sommes en toi. Et tu ne peux nous mentir.

- Ok, c'est vrai, ça m'arrive de penser ça.

- Fusionne et libère-toi de tes entraves. Fais vivre Sharty. Tant de personnes croient en toi. Mais toi-même tu doutes de toi, de tes capacités, de ton talent. Pourtant tu peux y arriver.

- C'est vrai mais...

- Il n'y a pas de mais qui tienne.

- Tu le fais ou tu vas tout perdre, ton Amour y compris.

- Pourquoi mon Amour ?

- Parce que si elle croit en toi et que toi tu la déçoives parce que tu n'oses pas te montrer sous ton grand joug, que crois-tu qu'elle fera ?

- Je crois c'est très clair !

- Je savais qu'il comprendrait si je lui disais ça. Disait la Conscience. Tu sais ce que tu vaux, alors ne te cache pas derrière toi-même !

- C'est compris !

- On sera toujours avec toi, elle pour t'aider à juger et moi pour t'aider à analyser en toute clarté. Vas-y il te reste une dernière personne à rencontrer.

- Je me demande bien si ça en vaut la peine.

- Oh que si ! Tu dois la voir. Elle aussi t'aidera à redescendre de ton nuage.

- Si vous le dites !

- T'inquiète Sharty, tu manques de volonté c'est tout. Tu veux que ce soit les autres qui décident pour que toi tu suives. Ce n'est pas ça avoir de la personnalité. Montre-toi sous ton bon joug. Sois-toi-même parce que la vie est trop courte pour être une autre personne qui n'est pas toi.

- Comme disait dame Conscience sinon elle te fuira !

- Qui ça elle ?

- Tu sais de qui je parle.

- Blanche ?

- A propos de Blanche tu verras bien.

- Ok !

- Elles n'avaient pas tort, bien des nuits durant, il s'était battu contre cette volonté à demeurer l'ombre de lui-même. Mais il sortait perdant de ces combats. C'est d'ailleurs ce qui l'avait plongé dans son monde. Il fuyait le combat, il se fuyait lui-même. Il était arrivé à vivre pour les autres, était prêt à mourir pour les autres mais lui-même, il n'osait pas s'affronter. Il était son pire ennemi. Pourquoi a-t-il fallu qu'elles le mettent devant cette évidence ? Se demandait-il. Il n'avait peur de personne, mais de lui-même. Il n'arrivait plus à avancer, ses pas s'alourdissaient, il avait comme un poids qui lui tombait sur les épaules et le forçait à s'agenouiller. Sharty était face contre terre, vaincu par ses propres démons. Il était étendu par terre, tout s'assombrissait autour de lui. Et dans la pénombre, il vit comme une lueur. On aurait dit qu'il était dans un trou sans fond et que subitement la lumière lui apparaissait. Dans la lueur qu'il voyait, une voix lui dit : « Je suis l'Espoir, juste un effort, tu peux y arriver. Tends juste la main, saisis-moi et tu t'en sortiras, reste étendu et c'est ta fin. » C'est assez ! Cria-t-il. Il tendit la main et se retrouvait sur pied.

- Qu'est-ce que c'est que ça encore ? Tout est si étrange ici. Si seulement je pouvais me lever et sortir d'ici.

- T'inquiète, c'est bientôt fini !

- Tiens, cette voix m'est familière.

- Oui c'est moi Blanche.

- Enfin, c'est justement à toi que je pensais. Tu ne me croirais pas si je te racontais les choses étranges qui me sont arrivées.

- Je sais je l'ai ai vu.

- C'est dire que je ne rêve pas alors ?

- Non, tu ne rêves pas.

- Tu m'accompagnes, je dois rencontrer la dernière personne et on continue la causerie.

- Vas-y je t'attends ici !

- Ok ! ça ne saurait durer. Et moi qui croyais rêver. Il se retourna et Blanche n'y était plus. Ok on se calme, respire un bon coup et avance. C'est bientôt fini. Il leva la tête pour poursuivre son chemin quand dans le vent, il sentit l'odeur agréable du parfum des fleurs lui monter dans les narines. Enfin quelque chose de reposant. Mais d'où me viennent ces parfums d'agréable odeur ? Se demandait-il. Il avança de quelques mètres et là devant lui un jardin rempli de fleurs multicolores. Il y en avait de toutes les sortes plantées sur un vaste étendu.

- Voilà un qui n'a rien à envier aux fleuristes. Je crois d'ailleurs que c'est chez lui qu'il faut venir chercher si besoin est.

- Sais-tu qu'elles sont plantées par ordre alphabétique ?

- Vous plaisantez, j'espère ?

- Ce n'est pas mon genre, cher monsieur.

- J'imagine que c'est vous la maîtresse des lieux.

- Si c'est ainsi qu'on dit chez vous. Oui !

- Vous voulez dire que vous les connaissez toutes par leur nom ?

- Oui ! elles vont de l'Amandée à Zinnia.

- On dit souvent que chaque fleur a une signification.

- Effectivement, mais avec le temps les choses ont changé et elles n'ont plus toutes la même signification selon les cultures.

- Vous savez, vous n'avez rien à envier à ces fleurs ! Je dirai même qu'il y a un peu de vous en chacune d'elle.

- Merci !

- Je vois que de toutes c'est la rose que vous préférez.

- Disons plutôt que c'est par elle que je m'illustre.

- Dites-moi c'est quoi la différence, je veux dire une rose c'est une rose ?

- Oui une rose est une rose, mais la couleur voilà qui fait la différence. De façon générale, la rose évoque le Souvenir. La blanche, elle c'est l'Amour ; la rose de Noël, c'est l'innocence de la beauté, le jaune, le scandale et le rouge, la jalousie.

- Ok, je vois ! donc vous c'est l'Amour.

- Traditionnellement oui ! Sinon il y a le myrte aussi. Maintenant quand tu veux ajouter l'intensité, tu changes de fleur...

- Non ça va pour moi.

- Tu prends une violette, c'est avec elle qu'on fait la déclaration d'amour. Mais comme tu l'as dit, il y a plus important que ça. Tu sais, tu as bon fond. Mais derrière tout ça se cache une âme sensible. Tu as peur qu'on te blesse.

- C'est exact !

- Mais ça tu vois, c'est à toi de l'éviter. On n'aime pas en fonçant tête baissée. Tout le monde, tu sais aime, même celui qui dit avoir peur d'aimer. Personne en réalité n'a peur d'aimer mais c'est d'être blessé qu'ils ont peur. Et toi tu as juste besoin d'écouter ton âme. Tiens vas dans le volet A et prends une fleur, une seule ensuite une dans le volet B. (il alla et revint avec les fleurs)

- Qu'est-ce que je disais ! Tu vois dans ce jardin ce n'est pas toi qui choisis les fleurs mais c'est elles qui te choisissent en fonction de tes sentiments et tes besoins. Tu vois cette fleur que tu as prise dans le volet A son nom c'est Arum et sa signification c'est « écoute ton âme », l'autre c'est Bouton d'or et elle signifie « le courage »

- Retourne dans le volet A et reviens avec une autre. (Il alla et revint avec une Anémone)

- Tu vois elle c'est Anémone et elle te dit « n'abandonne pas »

- Ok ! Dans ce cas laisse-moi choisir un volet au hasard et revenir avec une fleur.

- Comme tu voudras, mais sache qu'elle peut te révéler aussi ce qu'il en sera de ton amour.

- Dans ce cas ça va !

- Tu vois comme disait dame Conscience tu fuis la réalité. De quoi as-tu peur ?

- Tu l'as dit toi-même j'ai peur de souffrir.

- Alors tu souffres déjà. Car comme disait quelqu'un « celui qui a peur de souffrir souffre déjà de quelque chose ». Tu sais comme dame Paix, j'ai préféré trouver refuge ici parce que vous les hommes, vous aimez souffrir et faire souffrir. Oui votre insatiabilité a brisé trop de cœurs et continue d'en briser. Aujourd'hui j'ai peur de m'attacher à vous. Vous m'avez dénaturé comme dame Joie, si bien que je suis devenu un mythe. Personne ne croit en moi et vous voulez que je sois avec vous. Quand vous ouvrez la bouche, c'est le mensonge. « je t'aime », c'est juste pour avoir quelque chose. Oui vous avez chassé beaucoup de belles choses de votre monde et vous voulez que les choses soient comme avant ? Tu vois là-bas, cette fleur qui renaît et qui se fane, elle traduit bien vos sentiments. Son nom c'est Ephémère et elle signifie « les jours heureux passent trop vite ». Toi tu pourrais avoir de bonnes intentions mais je ne peux retourner pour toi seul. Tu veux comprendre l'Amour ? Eh bien ce n'est pas compliquer ! Tu vois cette fleur que je tiens, prends-là. (il tendit la main pour la toucher et elle commença à se faner)_ tu vois ce qui se passe ? redonne-la-moi !

- Elle reprend vie !

- Pourquoi d'après toi ? Il resta silencieux. Tu as encore du chemin à faire pour comprendre l'Amour. Qu'est-ce qui d'après toi fait la beauté d'un jardin ?

- Les fleurs !

- Seulement les fleurs ?

- Bon je dirai qu'il y a également qu'il y a l'entretien.

- Surtout l'entretien. Tu vois toutes ces fleurs, elles vivent et sont belles parce qu'elles sont bien entretenues constamment. Et c'est ça qui fait la beauté d'un jardin. C'est pareil avec l'amour. Pourquoi crois-tu que la rose soit son symbole ?

- A cause de sa beauté !

- Sache mon grand qu'il y a des fleurs plus belles que la rose. A quoi servent les épines du rosier ? Et crois-tu que c'est facile de couper une rose ?

- Non, c'est avec délicatesse qu'elle se coupe à cause de ses épines.

- C'est pareil avec l'Amour. Ça s'entretient avec délicatesse, ça ne se brusque pas. Tu brusque la rose et tu n'as plus de rose. Idem avec l'amour. Tu le brusque, il vole en éclat. Alors crois-tu pouvoir arroser, entretenir et voir grandir une des fleurs de ce jardin ?

- Je veux bien essayer !

- Tu réussiras si tu te souviens que la beauté d'un jardin c'est l'entretien. Et l'amour c'est comme une plante. Ça s'arrose, ça s'entretient et ça grandit. Si tu t'en souviens, Iris sera ta fleur.

- Iris ?

- Oui Iris parce que là tu pourras l'aimer pour la vie. Allez ! rentre chez toi maintenant, tu dois être épuisé par toutes ces rencontres.

- Merci pour tout !

- De rien !

- Eh Sharty, tu parles dans ton sommeil maintenant ?

- Ah c'est toi Blanche ? Bien sûr, qui d'autre voudrais-tu que ce soit ?

- T'es là ?

- Mais où voudrais-tu que j'aille ?

- Tout à l'heure je t'ai demandé de m'attendre et tu as disparu.

- Tu as encore rêvé, c'est ça ?

- De quoi tu parles ?

- On est encore dans le salon et tu es assis dans le fauteuil.

- Ça va ! C'est fou, tout ce qui m'arrive depuis hier !

- Ne m'en parle pas, si tu voyais ta tête.

- Elle a quoi ma tête ?

- Vas dans la salle d'eau et tu verras.

- Il se leva et alla dans la salle d'eau se rincer le visage et profiter pour voir la gueule qu'il avait. « Tiens, elle a raison, c'est quelle tête d'enterrement je fais » « reviens à toi Sharty, reprends tes esprit » soliloquait-il.

- Tu avais raison, on dirait quelqu'un qui revient d'un enterrement. Ce qui est marrant c'est que je n'avais pas cette tête quand j'enterrais mon père.

- Hum !

- Qu'y a-t-il Blanche ?

- A la mort de ton père, tu n'étais pas seul. Tu avais le soutien de tes frères et vous formiez un bloc. Voilà pourquoi tu avais bonne mine.

- Mais là je t'ai toi et c'est largement suffisant. Tu sais quoi je ne sais pas ce que je serai devenu sans toi.

- Oh c'est à cela que servent les amis.

- Et toi t'es ma fidèle amie, ma confidente. Vraiment, qu'est-ce que je deviendrai sans toi ?

- Justement c'est à cette question cruciale qu'il faut que tu répondes Sharty.

- Toi aussi, je viens de te le dire. Je n'arrive pas à imaginer la vie sans toi Blanche. Nous deux c'est pour la vie et je crois que je mourrai sans toi.

- Alors tu n'auras rien appris de toutes ces rencontres ?

- Quelles rencontres ?

- Ces rêves que tu as faits ?

- Quoi je te les ai conté ? Je ne m'en souviens pas.

- Regarde la pièce et dit moi ce que tu vois.

- Un bureau, un divan, une bibliothèque bien garni, Blanche, tu sais mieux que moi ce qu'il y a dans cette pièce.

- Ok regarde maintenant dans le miroir et dis-moi ce que tu vois.

- Une chaise, une table, des feuilles, un Bic et moi.

- Où est passé tout le reste ?

- Je m'apprêterais justement à te poser la question.

- A ton avis !

- Tu veux me dire que, non, pas toi Blanche, ne me dis pas que je suis encore dans mon rêve.

- Non, tu commences à entrer dans la réalité.

- Explique !

- Que t'ont dit dame Conscience et dame Raison ?

- Que je vis dans un monde virtuel, je fuis la réalité. Mais ça c'est dans le rêve. Je suis avec toi maintenant.

- Ecoute Sharty, tu sais très bien que notre relation est impossible.

- Je sais Blanche que notre amour est impossible, mais notre amitié est bien réelle.

- Rends-toi à l'évidence Sharty, tu ne peux même pas me présenter à tes amis !

- Pourquoi pas ?

- Et moi je réponds comment ? Enchantée, heureuse de faire votre connaissance ! Tu sais très bien que je ne peux le faire car comme te l'ai dit c'est exceptionnellement et à toi seul que j'ai fait entendre ma voix parce que comme dame Conscience et dame Raison te l'ont dit tu dois affronter tes peurs.

- Ok, tu me promets d'être avec moi si je le fais, de ne jamais me quitter ?

- Je ne peux te promettre une telle chose. Tu dois le faire pour toi-même. D'ailleurs après aujourd'hui, plus jamais tu n'entendras ma voix.

- Blanche, ces mots me chagrinent !

- Moi encore plus Sharty, mais je dois te les dire pour que tu te relèves. Regarde tout s'évanouit dans cette pièce et je serai la dernière à disparaître.

- Pas toi Blanche ! Ne me fais pas cela. Je ferai tout ce que tu veux mais s'il te plaît, ne m'abandonne pas. Vers qui irais-je si tu n'es plus là ?

- Tu trouveras Sharty ! tu trouveras. Cette personne prête à t'écouter est peut-être déjà là, près de toi. Il te suffit d'ouvrir les yeux.

- S'il te plait Blanche !

- Ecoute Sharty, je ne t'abandonnerai jamais si tu veux le savoir Ce que je te demande c'est de te confier à des personnes comme toi. Des humais avec qui tu pourras échanger, pas des gens qui n'existe que dans ton...

- Quoi Blanche ? qu'est-ce que tu veux dire ?

- Si je dis ce mot, je vais m'évanouis, disparaitre.

- Vas-y Blanche tu peux le dire. Nous sommes là. Nous assurerons la relève. Merci du soutien que tu lui as apporté.

- Quoi vous ici ? je croyais que vous étiez dans mon rêve. C'est ça Blanche le mot que tu veux dire ? Tu es un rêve ?

- Non, pas un rêve !

- Une imagination ?

- Je suis Blanche Lafeuille, ton amie de toujours, qui t'a épaulé dans tes moments de peines, de joies, parfois même quand pris d'inspiration tu m'appelais je répondais présente. Et je serai toujours là quand tu auras besoin de moi. Mais dans ma véritable forme.

- Ça je l'ai déjà entendu quelque part !

- Oui Sharty je suis la feuille blanche. Et tel que tu me vois, je n'existe que dans ton...

- Ne dis pas le mot, s'il te plait pas maintenant !

- Je dois le dire pour te libérer. Vois-tu nous aussi on consent à faire des sacrifices pour le bien-être des personne. Et toi, je t'aime bien et je veux que tu sois heureux. Tel que tu le fais avec moi, tu peux le faire avec d'autres. Et même si des déceptions tu rencontres, souviens-toi que c'est humain de faire des erreurs. Alors relèves-toi et continue. Ce qui ne te tue pas te rendra plus fort et c'est à force de persévérance qu'on parvient à ses fins. Ne pleure pas parce que je m'en vais, souris parce que je suis partie pour toi tu sois.

- Ok, Blanche ! tu peux t'en aller. J'ai compris, tu n'existes que dans mon esprit. C'est ça le mot ?

- Oui Sharty je suis le fruit de ton esprit !

A ces mots tout redevient comme avant. Tout avait disparu autour de lui. Il n'y avait que des feuilles blanches sur sa table, des stylos et un dictionnaire. « Tout ça c'était mon imagination ! » murmura-t-il. « Rien de tout ça n'a existé ! »

Il était quelque peu déçu de n'avoir pas bougé de son siège, de n'avoir rien écrit de tout ce qu'il avait vécu ces quelques minutes. Mais il avait retenu une chose : il devait être lui-même. Ce voyage dans l'imaginaire resterait fortuit s'il ne tirait pas de leçon des personnages qu'il avait rencontrés. Tous en fait, faisaient partir de son quotidien. Il avait aidé beaucoup à gérer leurs sentiments, leurs états d'âmes mais lui n'avait personne pour l'aider ou du moins n'avait jamais voulu se confier à quelqu'un. C'était la première chose qu'il chercherait à faire. Trouver un ou une ami(e) qui serait sa « Blanche ». Oui comme lui avait dit Blanche, cette personne échangerait avec lui, elle ne serait pas qu'une simple auditrice... mais là où il y avait beaucoup à faire, c'était de lutter contre son propre démon. Se révéler à lui-même. C'était son plus grand défi. Elle n'avait pas tort dame Raison quand elle lui disait : « trop de gens croient en toi, en tes capacités, tes talents mais toi, tu doutes de toi. » pourquoi as-tu peur de te lancer Sharty ? Tu abandonnes avant même d'avoir essayé. Tu as peur de l'échec et puis quoi ? Qui n'a jamais échoué ? Soliloquait-il. Mon Dieu toutes ces voix dans ma tête ! Il pensait pouvoir entendre Blanche lui répondre, mais là devant lui, il n'y avait rien d'autre qu'une feuille Blanche, et un stylo à bille qu'il tenait à la main. Il se mit alors à repenser à tout ce qu'il avait écrit : Anonymat, Le Parfum du réveil, Contrat... maritalement comme frère et sœur, Providence, Secret, Seconde chance, Rencontre inopinée, Dénominateur commun 2, A la croisée des chemins, 2428 L'Amour en retour qu'il était sur le point d'achever. Tout cela, toutes ces années passées à écrire resteront vaines si je reste à m'asseoir. Il faut que je bouge. Je dois me bouger ! Se répétait-il. Tous les conseils qu'ils avaient donnés à ses amis, il les entendait sonner à ses oreilles. Il se leva et alla s'arrêter devant le miroir, fixant son reflet et dit : « dis-moi Sharty, qu'est-ce qu'il te faut pour que tu t'exprimes et que tu sois toi-même ? Qui voudrais-tu qu'il te parle pour que tu entendes raison et te lève pour te battre ? Quelle épreuve dois-tu subir pour que tu comprennes qu'il te faut bouger ? Puis après un moment de silence, il reprit : « regardes-toi, tu es l'ombre de toi-même. De qui as-tu peur ? Qui de toi ou de celui qui est de l'autre côté du miroir est réel ? Il eut comme une voix venant du revers du miroir lui dit : « du revers du miroir, je crie vers toi, libère-moi, mais tu te bouche les oreilles, je pleure devant toi, mais tu fermes les yeux. Je tends la main et il y a ce mur de verre qui me sépare de toi. S'il te plait libère-moi pour que je sois toi et moi en même temps, laisse-moi et tu te repentiras et te répandras dans la poussière. » En entendant ces mots, il se retourna, donnant dos au miroir et voulu poursuivre son chemin quand une fois encore dame Conscience lui apparut.

- C'est ça, Vas-y, fuis comme d'habitude, cours; qu'est-ce que tu attends? Elle va te rattraper la réalité, sauve-toi! Lâche! Si seulement je savais par quelle magie tu l'as emprisonné de l'autre côté du miroir, je te lierais pour ce soit toi qui purge cette peine. Espèce d'inconscient! Mais Vas-y, qu'est-ce que tu attends? Cours, échappe-toi! Si tu savais combien je regrette d'être ta conscience! C'est à peine si je te sers à quelque chose. En fait qu'est-ce qui te retiens? Marque-moi au fer rouge pour que je sois prisonnière aussi comme lui! Ainsi, je n'aurais pas à me fatiguer pour te faire entendre raison. Cruel personnage! Criminel !

- Tu penses que je fais exprès? Ou bien que ça me ravit de vivre ici et lui dans le revers du Riorim? Si tu veux savoir, je donnerai tout pour que ce soit lui qui soit ici et moi de l'autre côté.

- Excuse-moi de ne pas t'applaudir cher monsieur « je suis prêt à tout pour les autre et jamais pour moi-même, l'homme au grand cœur, le supplicié » libère-le c'est tout ce que je te demande!

- J'essaie mais je n'y arrive pas! Cria-t-il.

- Si tu avais vraiment essayé il serait dehors depuis longtemps. Idiot!

- Alors madame «je sais tout », qui me juge en longueur de journée, tu sais peut-être où j'ai mis la clé. Alors dis-le moi pour qu'on en finisse une fois pour toute! Cria-t-il.

- Vas-y hurle autant que tu peux! Peut-être parviendras-tu à quelque chose, Inconscient!

- Tu vas arrêter de m'insulter!

- Sinon! Que vas-tu me faire? Me marquer? Comme tu peux être pathétique!

- Dis-moi tout sauf ça!

- Pathétique! (Et elle s'évanouit)

Etait-ce ce mot qui avait ouvert les torrents de yeux ou le remord qu'il avait de ne pouvoir faire grand-chose? Une chose est sûre, Sharty pleura toutes les larmes de son corps. Oui il pleura jusqu'à assécher ses yeux. Elle n'avait pas raison quand elle disait qu'il ne faisait rien. Pensait-il. Il essayait disait-il. « Je fais ce que je peux » Mais ce n'est pas suffisant reprenait une voix au fond de lui. OUI dame Raison, le voyant étendu à même le sol prit pitié de lui et lui apparut une dernière fois elle aussi.

- Ecoute, ce qu'elle a voulu dire, c'est que tu ne fais pas suffisamment d'effort et ça c'est vrai. Tu sais comment elle est. Elle dit les choses nettes.

- C'est à toi de réfléchir pour comprendre ce qu'elle a voulu signifier.

- Je t'assure que je fais tout mon possible.

- Alors tes efforts sont orientés dans la mauvaise direction. Regarde par exemple, quand tu regardes dans la glace, qui vois-tu ?

- Moi, mon reflet!

- Crois-tu que ton reflet peut sortir du miroir ?

- Non!

- Alors qui dois-tu libérer?

- Moi-même.

- C'est exact! Alors communique avec toi-même. Tu te souviens de la fleur que tu as coupé au jardin de dame Amour?

- Oui, c'est Arum.

- Et quelle était sa signification?

- Elle a dit « écoute ton âme ».

- C'est ça, cherche au fond de toi la solution. Ecoute celui qui est de l'autre côté, entends sa voix et il te dira comment sortir. Ne me dis pas « je vais essayer » fais-le!

- Je ne sais pas pourquoi tu es si tendre avec lui, disait dame Conscience qui apparut pour la dernière fois.

- Laissons-le dame Conscience, il est jeune et il manque d'expérience. C'est au fur et à mesure qu'il apprendra. Souviens-toi Sharty, nous serons toujours avec toi, mais le plus gros boulot, c'est à toi et toi seul de le faire, personne ne le fera à ta place. Bats-toi! Voilà le secret.

- Mais si tu lui dis, comment il apprendra?

- Il le fera, j'ai confiance.

- Ecoute, elle te fait confiance, alors ne la déçois pas!

- Ok j'ai compris, je ferai tout ce qui est en mon pouvoir pour être moi-même.

- Et elles disparurent de devant lui. Sharty avait compris qu'il lui fallait fournir encore plus d'effort. « Ecoute ton âme ». Qu'est-ce qu'elle me dit mon âme? Se demandait-il. Oui qu'est-ce qu'il me dit celui qui se trouve de l'autre côté du miroir? Il avait cependant appris une chose, c'était un rappel en fait: le combat, il était intérieur, avec lui-même. Et l'arme du combat n'était rien d'autre qu'écouter son âme. En d'autre terme, d'être attentif à ses pas, à ses aspirations et œuvrer pour les mener à bien. Tout s'éclaircissait dans son esprit. Elle venait de se servir de sa conversation avec dame Amour pour lui donner une leçon. Aussi apprit-il que tout se jouait dans son esprit, dans sa façon de penser et de voir les choses. Il apprendrait en se servant de son esprit. De toutes ces rencontres il avait tiré une leçon: on apprend de chaque chose qui nous arrive. Il faut savoir tirer la leçon de chaque expérience que nous offre la vie. Tout se clarifiait devant lui. Lui Sharty avait un esprit créatif, l'imagination féconde mais, il s'emprisonnait dans ce monde, se coupant de la réalité et c'était en fait ce qu'il devait comprendre ce jour-là, ce dimanche matin-là. Blanche Lafeuille n'était rien d'autre que la feuille blanche et tout le reste le fruit de son imagination. Petit à petit il revenait à la réalité. Dehors, les oiseaux chantaient pour annoncer le jour et l'aurore commençait à poindre à l'horizon. Il commençait par sentir la brume matinale entrer par la fenêtre qu'il avait laissée à moitié fermée. Il tira le drap sur lui pour profiter de son sommeil quand son téléphone sonna. C'était un message d'une amie qui disait: « Comment vas-tu ce matin, bien réveillé? »

- Il sourit, prit son téléphone et répondit: « Très bien princesse! » Puis remuant la tête il dit: « Si seulement tout ceci était vrai! »

- Oui Sharty avait rêvé toute la nuit. Pensa-t-il. La veille il s'était endormi avec une forte fièvre et là, la journée s'annonçait plutôt bien. Quand il posa les pieds par terre, il jeta un coup d'œil sur la table et là un cahier y était posé et un stylo dessus. Il ne se souvint pas avoir mis le cahier sur la table. A quel moment l'avait-il fait? Se demandait-il. « Je sais une chose, je ne suis pas somnambule! » Se répétait-il. Il avança vers la table, pour voir de quel cahier il avait s'agit. Car il avait entamé l'écriture d'un roman qu'il n'avait pas achevé et un autre dont il n'avait que mentionner le titre. Mais une surprise l'attendait là sur la table. Il ouvrit la première page du cahier où s'était écrit: Le Revers du Riorim, mais plus que le titre, il avait écrit jusqu'à deux feuille de la fin du cahier. Les pages 16 et 17 avait été sauté comme la 76 et 77ième. Il ne savait pas trop pourquoi mais loin d'être un rêve il avait écrit cette histoire. Le REVERS DU RIORIM avait bien été écrit. Sharty l'avait écrit toute la nuit.

FIN

Don't miss out!

Visit the website below and you can sign up to receive emails whenever Sharty Hartmann publishes a new book. There's no charge and no obligation.

https://books2read.com/r/B-A-ORREB-CTZYC

BOOKS 2 READ

Connecting independent readers to independent writers.

About the Author

Sharty est un pseudonyme derrière lequel se cache un auteur passionné par l'exploration des profondeurs de l'âme humaine à travers l'écriture. Naviguant entre réalité et fiction, ses œuvres se veulent le miroir des émotions et des expériences vécues, transformées en un paysage littéraire où chaque lecteur peut se retrouver. "Le Revers du Riorim" incarne cette quête intérieure, invitant à un voyage introspectif au cœur des sentiments les plus intimes. Utilisant l'écriture comme une forme de thérapie, Sharty partage avec ses lecteurs non seulement une histoire, mais aussi un morceau de son âme, dans l'espoir de toucher, réconforter et inspirer. Derrière chaque page se cache un appel réflexion, à la compréhension de soi et à l'acceptation des multiples facettes de notre être.

Don't miss out!

Visit the website below and you can sign up to receive emails whenever Sharty Hartmann publishes a new book. There's no charge and no obligation.

https://books2read.com/r/B-A-ORREB-CTZYC

BOOKS 2 READ

Connecting independent readers to independent writers.

About the Author

Sharty est un pseudonyme derrière lequel se cache un auteur passionné par l'exploration des profondeurs de l'âme humaine à travers l'écriture. Naviguant entre réalité et fiction, ses œuvres se veulent le miroir des émotions et des expériences vécues, transformées en un paysage littéraire où chaque lecteur peut se retrouver. "Le Revers du Riorim" incarne cette quête intérieure, invitant à un voyage introspectif au cœur des sentiments les plus intimes. Utilisant l'écriture comme une forme de thérapie, Sharty partage avec ses lecteurs non seulement une histoire, mais aussi un morceau de son âme, dans l'espoir de toucher, réconforter et inspirer. Derrière chaque page se cache un appel à la réflexion, à la compréhension de soi et à l'acceptation des multiples facettes de notre être.